कोरोना- एक अभिशाप

कोरोनाकाल की रहस्यमयी जानकारियां

परमजीत कुमार

Copyright © Paramjeet Kumar
All Rights Reserved.

ISBN 978-1-64951-086-0

This book has been published with all efforts taken to make the material error-free after the consent of the author. However, the author and the publisher do not assume and hereby disclaim any liability to any party for any loss, damage, or disruption caused by errors or omissions, whether such errors or omissions result from negligence, accident, or any other cause.

While every effort has been made to avoid any mistake or omission, this publication is being sold on the condition and understanding that neither the author nor the publishers or printers would be liable in any manner to any person by reason of any mistake or omission in this publication or for any action taken or omitted to be taken or advice rendered or accepted on the basis of this work. For any defect in printing or binding the publishers will be liable only to replace the defective copy by another copy of this work then available.

हमारे भारत के पुलिस, डॉक्टर, तथा वैसे सभी लोग जिन्होंने कोरोनाकाल में हमसभी की मदद की, ये पुस्तक उनके लिए समर्पित है

- परमजीत कुमार

क्रम-सूची

प्रस्तावना vii

भूमिका ix

आमुख xi

1. कोरोनाकाल की शुरुआत 1
2. कोरोना वायरस के बारे में 7
3. कोरोना प्रभाव 9
4. कोरोना वायरस के लक्षण 12
5. कोरोना वायरस का वस्तुओ पर असर 15
6. लॉकडाउन का असर 18
7. अर्थव्यवस्था पर पड़ी असर 22
8. कोरोना वायरस से रोकथाम 35
9. कोरोना वायरस के बाद कैसी होगी दुनिया? 38

कोरोना महामारी का अंत 43

• v •

प्रस्तावना

कोरोना वायरस दिसंबर लास्ट और इस साल की शुरुआत से ही दुनियाभर में खौफ और चर्चा का विषय बना।इस वायरस में आनेवाले लोगों की संख्या कहीं अधिक है और लगातार बढ़ती जा रही है। जानें, कोरोना वायरस (CoronaVirus) के लक्षण और बचाव के उपायों से जुड़े सभी सवाल और उनके जवाब भी।

मेडिकल जगत में आजकल चर्चा और चिंता का विषय बना हुआ है कोरोना वायरस। इस वायरस के तेजी से फैलने के केस सामने आ रहे हैं, जिससे चिकित्सा विशेषज्ञों के बीचा चिंता बढ़ रही है। लगातार इस वायरस से जुड़ी नई जानकारियां सामने आ रही हैं। जिनमें इस वायरस के कारण होनेवाली दिक्कतें और लक्षण जैसी जरूरी बातें भी शामिल हैं। आइए, जानते हैं इस वायरस के कारण होनेवाली बीमारी और उसके प्रभाव के बारे में...

कोरोना वायरस का प्रकोप अब पूरी दुनिया में देखने को मिल रहा है। चीन की सरहदों को पार कर यह वायरस दुनिया के लगभग सभी देशों में मातम की वजह बना हुआ है। यही वजह है कि भारत सरकार ने लॉकडाउन 4 के दौरान भी इंटरनैशनल फ्लाइट्स बंद कर रखी हैं और पूरे देश में इस बीमारी से बचाव के लिए जरूरी गाइडलाइन्स का पालन किया जा रहा है। ताकि इस वायरस के संक्रमण को रोका जा सके और इसका बायॉलजिकल साइकल ब्रेक किया जा सके।

भूमिका

यह पुस्तक को लिखने में विभिन्न लोगो ने मेरी सहायता की है जैसे अलग अलग तरह के लेख तथा अलग अलग लोगो के मनोदशा को देखते hue मुझे लेखन प्रक्रिया में सहायता मिली है|

आमुख

जब हम किसी साल के गुजर जाने या आने वाले साल को लेकर उत्साहित हो रहे है तो हमेशा लगता है कि ये साल हमारे लिए सही नहीं थे, लेकिन आने वाले नेई साल हमारे लिए नई उत्साह, नई आशय, नई सपने, नई अवसर, नई सफलता लेकर आएगी | हम कामयाब होंगे, समृद्ध होंगे| हर साल हमारे साथ कुछ ना कुछ अच्छा हो ही जाता है|

लेकिन इस 2020 में ऐसा कुछ भी नहीं हुआ, इस वर्ष कुछ ऐसा हुआ जिसका किसी ने कल्पना तक नहीं किया था | आज तक जितने दिन 2020 में जीवन व्यतीत किया गया, पूरी दुनिया में दुःख, भुखमरी, महामारी, अकेलापन जैसे अनेक संकट हमलोगो ने देखा है, जैसे अनेक नकारात्मक चीजे एकसाथ फ़ैल गयी हो |

हमलोगो ने जब नयावर्ष की खुशियाँ मना रहे थे तो ये सपने में भी नहीं सोचा कि ये वर्ष महामारियों से भरा होगा | विश्व में उथल पुथल रहेगा, देशो के बीच तनाव की स्थिति रहेगी, रोजगार कम्पनी सब ठप पड़ जाएंगे, शेयर बाज़ार धड़ाम हो जाएगी, मजदूर अपने पैरो से हज़ार किलोमीटर की दुरी नाप लेंगे और विवशता तथा बेरोजगारी से जूझ रहे लोगो की कमर तोड़ देंगे ऐसा कभी किसी ने भी नहीं सोचा होगा |

हमलोगो ने कभी नहीं सोचा था कि खुद को घरो में बंद करना पड़ेगा और कुछ लोग भगवान से भी बड़े होकर हमलोगो की जान की रखवाली अपने जान पर खेल कर करेंगे | ऐसा कभी किसी ने नहीं सोचा था कि मनुष्यो के स्वांसो से ज्यादा कीमत मास्क और सेनेटीज़र की हो जाएगी |

हमलोगो ने कभी नहीं सोचा था की हवाई जहाजों से आकाशे सुनी पद जाएगी, रेल की पटरियों की आवाज़े मौन धारण क्र लेंगी | परीक्षा, विद्यालय, कॉलेजों के दरवाज़े में ताले झूल जाएंगे, वैकेंसी की जगह वैक्सीन की खोज होगी | जैसे पूरी दुनिया ही थम सी गयी है, समय रुक सा गया है |

हमलोगो ने 2020 में तुफानो को भी झेला, भूकंप को भी झेला, टिड्डियों को भी झेला | इसी 2020 में हमने अपने कितने अमूल्य लोगो को भी खो दिया | कोरोना

में अब तक हज़ारो लोगो ने जान गवां दी और दुनिया में तो ये आंकड़ा लाखो में पहुँच चुकी है और अवसादों का सिलसिला अभी भी लगातार जारी है | देश में फैले तनाव से हमने कितने वीर जवानो को खो दिया |

कोरोनाकाल ने सिस्टम की सारी काली सच्चाई को उजागर किया है ,ये बता दिया कि सिस्टम अभी वेंटिलेटर पर है, इसे चार बोत्तल पानी की जरूरत है क्योकि सिस्टम के आँखों में बिल्कुल पानी नहीं है |

इस महामारी में हमे पता नहीं कि व्यापारिक घाटा कितना नीचे गिरा परन्तु मास्क घोटाला में हमे पता चल गया की कोरोनाकाल में भी अवसादों को अवसरों में बदलने का हमारे देश के कुछ लोगो में कितना अच्छी तरह से व्याप्त है | मेरे पास गिनाने का बहुत कुछ है और छिपाने को कुछ भी नहीं है |

सच कहे तो 2020 एक ऐसे मंच जैसा लग रहा है जैसे मानो हम नई प्रतियोगी को अचानक मंच पर ला खड़ा कर दिया हो लेकिन हम इंसानो को कठिनाइयों से लड़ना बहुत अच्छे तरीके से आती है | अब इसी नकारात्मक में सकारात्मक ढूंढ़ने की जरूरत है | समय के साथ चलना है ताकि हम आने वाली सभी चुनौती से लड़ सके |

1

कोरोनाकाल की शुरुआत

कोरोना वायरस विश्वमारी (2019–20) की शुरुआत एक नए किस्म के कोरोनवायरस (2019-nCoV) के संक्रमण के रूप में मध्य चीन के वुहान शहर में 2019 के मध्य दिसंबर में हुई।बहुत से लोगों को बिना किसी कारण निमोनिया होने लगा और यह देखा गया की पीड़ित लोगों में से अधिकतर लोग वुहान सी फूड मार्केट में मछलियाँ बेचते हैं तथा जीवित पशुओं का भी व्यापर करते हैं। चीनी वैज्ञानिकों ने बाद में कोरोनावायरस की एक नई नस्ल की पहचान की जिसे 2019-nCoV प्रारंभिक पदनाम दिया गया। इस नए वायरस में कम से कम 70 प्रतिशत वही जीनोम अनुक्रम पाए गए जो सार्स-कोरोनावायरस में पाए जाते हैं। संक्रमण का पता लगाने के लिए एक विशिष्ट नैदानिक पीसीआर परीक्षण के विकास के साथ कई मामलों की पुष्टि उन लोगों में हुई जो सीधे बाजार से जुड़े हुए थे और उन लोगों में भी इस वायरस का पता लगा जो सीधे उस मार्केट से नहीं जुड़े हुए थे। पहले यह स्पष्ट नहीं था कि यह वायरस सार्स जितनी ही गंभीरता या घातकता का है अथवा नहीं।

20 जनवरी 2020 को चीनी प्रीमियर ली केकियांग ने नावेल कोरोनावायरस के कारण फैलने वाली निमोनिया महामारी को रोकने और नियंत्रित करने के लिए निर्णायक और प्रभावी प्रयास करने का आग्रह किया। 14 मार्च 2020 तक दुनिया में इससे 5,800 मौतें हो चुकी हैं। इस वायरस के पूरे चीन में, और मानव-से-मानव संचरण के प्रमाण हैं। 9 फरवरी तक व्यापक परीक्षण में 88,000 से अधिक पुष्ट मामलों का खुलासा हुआ था, जिनमें से कुछ स्वास्थ्यकर्मी भी हैं। 20 मार्च 2020 तक थाईलैंड, दक्षिण कोरिया, जापान, ताइवान, मकाऊ, हांगकांग, संयुक्त राज्य अमेरिका, सिंगापुर, वियतनाम, भारत, ईरान, इराक, इटली, कतर, दुबई, कुवैत

और अन्य 160 देशों में पुष्टि के मामले सामने आए हैं।

23 जनवरी 2020 को, विश्व स्वास्थ्य संगठन ने प्रकोप को अंतरराष्ट्रीय चिंता का एक सार्वजनिक स्वास्थ्य आपातकाल घोषित करने के खिलाफ फैसला किया। डब्ल्यूएचओ ने पहले चेतावनी दी थी कि एक व्यापक प्रकोप संभव था, और चीनी नव वर्ष के आसपास चीन के चरम यात्रा सीजन के दौरान आगे संचरण की चिंताएं थीं। कई नए साल की घटनाओं को संचरण के डर से बंद कर दिया गया है, जिसमें बीजिंग में निषिद्ध शहर, पारंपरिक मंदिर मेलों और अन्य उत्सव समारोह शामिल हैं। रोग की घटनाओं में अचानक वृद्धि ने इसके उद्गम, वन्यजीव व्यापार, वायरस के प्रसार और नुकसान पहुंचाने की क्षमता के बारे में अनिश्चितताओं से संबंधित प्रश्न उठाए हैं, क्या यह वायरस पहले से अधिक समय से घूम रहा है, और इसकी संभावना प्रकोप एक सुपर स्प्रेडर घटना है।

पहले संदिग्ध मामलों को 31 दिसंबर 2019 को WHO को सूचित किया गया था, रोगसूचक बीमारी के पहले उदाहरणों के साथ 8 दिसंबर 2019 को केवल तीन सप्ताह पहले दिखाई दिया था। 1 जनवरी 2020 को बाजार बंद कर दिया गया था, और जिन लोगों में कोरोनावायरस संक्रमण के संकेत और लक्षण दिखाई दिए, उन्हें अलग कर दिया गया थे। संभावित रूप से संक्रमित व्यक्तियों के साथ संपर्क में आने वाले 400 से अधिक स्वास्थ्य कर्मचारियों सहित 700 से अधिक लोगों की शुरुआत में निगरानी की गई थी।संक्रमण का पता लगाने के लिए एक विशिष्ट नैदानिक पीसीआर परीक्षण के विकास के बाद, मूल वुहान संकुल में 41 लोगों में बाद में 2019-nCoV की उपस्थिति की पुष्टि की गई,जिनमें से दो को बाद में एक विवाहित जोड़े होने की सूचना दी गई थी। जिनमें से एक बाज़ार में मौजूद नहीं था, और एक अन्य तीन जो एक ही परिवार के सदस्य थे, जो बाज़ार के समुद्री खाने की दुकानों पर काम करते थे। कोरोनावायरस संक्रमण से पहली पुष्टि की गई मौत 9 जनवरी 2020 को हुई।

23 जनवरी 2020 को, वुहान को अलग रखा गया था, जिसमें वुहान के अंदर और बाहर सभी सार्वजनिक परिवहन को निलंबित कर दिया गया था। 24 जनवरी से आस-पास के शहर हुआंगगांग, इझोउ, चबी, जिंगझोउ और झीझियांग को भी अलग में रखा गया था। 30 जनवरी 2020 को विश्व स्वास्थ्य संगठन द्वारा कोरोना वायरस के प्रसार को अंतर्राष्ट्रीय चिंता का सार्वजनिक स्वास्थ्य आपातकाल घोषित किया गया, इस प्रकार का आपातकाल डब्लूएचओ द्वारा 2009 के एच वन एन वन के बाद छठा आपातकाल है।

परमजीत कुमार

चीनी शोधकर्ताओं ने चमगादड़ों में पाए जाने वाले सार्स-सीओवी-2 की करीबी प्रजाति की पहचान की है, जो इस बात के और साक्ष्य प्रस्तुत करती है कि कोविड-19 बीमारी के लिए जिम्मेदार वायरस की उत्पत्ति प्राकृतिक रूप से हुई है न कि प्रयोगशाला में। चीन में शानदोंगे फर्स्ट मेडिकल यूनिवर्सिटी के शोधकर्ताओं ने कहा कि जहां शोधकर्ता चमगादड़ को वायरस का प्राकृतिक वाहक मान रहे हैं, वहीं वायरस की उत्पत्ति अब भी स्पष्ट नहीं है।

अध्ययन में हाल में पहचाने गए चमगादड़ कोरोना वायरस की पहचान की गई है जो जीनोम (जीन के समूह) के कुछ हिस्सों में सार्स-सीओवी-2 की करीबी प्रजाति है। शोधकर्ताओं के अनुसार वायरस में सार्स-सीओवी-2 की तरह ही वायरस के स्पाइक प्रोटीन की एस1 और एस2 उप-इकाईयों के संयोजन में अमीनो एसिड का प्रवेश भी देखा गया।

उन्होंने कहा कि भले ही इस नए वायरस में सार्स-सीओवी-2 जैसे लक्षण नहीं दिखते हैं, लेकिन आरएमवाईएन02 नामक यह वायरस दर्शाता है कि कोरोनावायरस की उत्पत्ति प्राकृतिक रूप से हुई होगी। अध्ययन के वरिष्ठ लेखक वेइफेंग शी ने कहा, स-सीओवी-2 का पता चलने के बाद से ही ऐसे कई अप्रमाणित दावे किए गए कि वायरस प्रयोगशाला से निकला है।

शी ने कहा, खासतौर पर ऐसा दावा किया गया कि एस1/ एस2 प्रवेश बेहद असामान्य है और संभवत: प्रयोगशाला में की गई छेड़छाड़ का संकेतक है। हमारा शोध स्पष्ट तौर पर दिखाता है कि ये घटनाएं वन्यजीव में प्राकृतिक रूप से होती हैं। यह सार्स-सीओवी-2 के प्रयोगशाला से निकलने के खिलाफ ठोस साक्ष्य देता है। यह शोध करंट बायोलॉजी पत्रिका में प्रकाशित हुआ है।

जानवरों से इंसानों में जानलेवा कोरोना वायरस कैसे पहुंचा, इसे पता करने की कोशिश जारी है। हेलेन ब्रिग्स ने इस बात की पड़ताल की है कि वैज्ञानिक कैसे कोरोना वायरस के स्रोत को खोजने की कोशिश कर रहे हैं.

चीन के किसी इलाक़े में एक चमगादड़ ने आकाश में मंडराते हुए अपने लीद के ज़रिए कोरोना वायरस का अवशेष छोड़ा जो जंगल में ज़मीन पर गिरा. एक जंगली जानवर, संभवतः पैंगोलिन ने इसे सूंघा और उसी के ज़रिए बाक़ी के जानवरों में यह फैल गया.

संक्रमित जानवर इंसान के संपर्क में आया और एक व्यक्ति में उससे वो बीमारी आ गई. इसके बाद वाइल्ड लाइफ़ मार्केट के कामगारों में यह फैलने लगी और इसी से वैश्विक संक्रमण का जन्म हुआ.

वैज्ञानिक इस कहानी को साबित करने की कोशिश कर रहे हैं कि कोरोना वायरस जानवरों से फैला. ज़ूलॉजिकल सोसाइटी ऑफ लंदन के प्रोफ़ेसर एंड्रयू कनिंगम कहते हैं कि घटनाओं की कड़ी जोड़ी जा रही है. वो कहते हैं कि यह खोज 'जासूसी कहानी' की तरह मालूम पड़ती है.

कनिंगम के अनुसार कई जंगली जानवर कोरोना वायरस के स्रोत हो सकते हैं लेकिन ख़ासकर चमगादड़ बड़ी संख्या में अलग-अलग तरह के कोरोना वायरस के अड्डा होते हैं,लेकिन हमलोग इसके संक्रमण या फैलने के बारे में कितना जानते हैं? जब वैज्ञानिक नए वायरस को मरीज़ के शरीर में समझ पाएंगे तो चीन के चमगादड़ों को लेकर स्थिति साफ़ हो पाएगी.

स्तनपायी जानवर हर महाद्वीप में पाए जाते हैं. ये विरले ही ख़ुद से बीमार पड़ते हैं लेकिन ये रोगाणु बहुत तेज़ी से फैलाते हैं. यूनिवर्सिटी कॉलेज लंदन (यूसीएल) के प्रोफ़ेसर केट जोनस के अनुसार इस बात के प्रमाण हैं कि चमगादड़ों ने ख़ुद को कई मामलों में बदला है. वो कहते हैं, "चमगादड़ बीमार पड़ते हैं तो बड़ी संख्या में विषाणुओं से टकराते हैं. इसमें कोई शक नहीं है कि चमगादड़ जैसे रहते हैं, उसमें विषाणु ख़ूब पनपते हैं."

यूनिवर्सिटी ऑफ नॉटिंगम के प्रोफ़ेसर जोनाथन बॉल कहते हैं कि ये स्तनपायी होते हैं इसलिए आशंका होती है कि ये या तो इंसान को सीधे संक्रमित कर सकते हैं या फिर किसी और के ज़रिए."

दूसरी पहेली है एक रहस्मय जानवर की पहचान को लेकर जिसके शरीर से कोरोना वायरस का संक्रमण चीन के वुहान में फैला. इनमें एक संदिग्ध है पैंगोलिन. पैंगोलिन के बारे में कहा जाता है कि दुनिया भर में सबसे ज़्यादा इसकी तस्करी होती है. यह विलुप्त होने की कगार पर है.

एशिया में इसकी सबसे ज़्यादा मांग है. पारंपरिक चीनी दवाइयों के निर्माण में इसका इसका इस्तेमाल होता है. कई लोग इसका मांस भी बड़े चाव से खाते हैं. कोरोना वायरस पैंगोलिन में पाया गया है. कुछ लोग दावा कर रहे हैं कि यह नोवल ह्यूमन वायरस से मिलता-जुलता है. इंसानों में संक्रमण फैलने से पहले क्या चमगादड़ और पैंगोलिन के विषाणु में अनुवांशिकी आदान-प्रदान हुआ था?

विशेषज्ञ इस मामले में किसी भी निष्कर्ष पर पहुंचने को लेकर एहतियात बरत रहे हैं. पैंगोलिन पर हुई स्टडी का पूरा डेटा अभी जारी नहीं किया गया है. ऐसे में इसकी पुष्टि करना मुश्किल है.

प्रोफ़ेसर कनिंगम कहते हैं कि पैंगोलिन की पृष्ठभूमि और उससे जुड़ा शोध काफ़ी अहम है. मिसाल के तौर पर जानवरों को कहां से लिया गया या फिर कोई एक जानवर को कहीं से लिया गया या फिर मांस के बाज़ार से.

पैंगोलिन और अन्य वन्य जीव जिनमें चमगादड़ की कई प्रजातियां भी शामिल हैं, ये सभी मांस के बाज़ार में बिकते हैं. प्रोफेसर कनिंगम कहते हैं कि यहां विषाणुओ को एक जीव से दूसरे जीव में जाने का मौक़ा मिलता है. वो कहते हैं, ''वेट मार्केट यानी मांस का बाज़ार एक जीव से दूसरे जीव में रोगाणु फैलाने का सबसे उत्तम अड्डा होता है. यहां इंसान भी संक्रमित होते हैं.''

कोरोना वायरस फैलने के बाद चीन के वुहान का यह मार्केट बंद कर दिया गया. यहां एक वन्य जीव सेक्शन था, जहां अलग-अलग जानवर ज़िंदा और उनके कटे मांस बेचे जाते थे. यहां ऊंट, कोआला और पक्षियों के मांस भी मिलते थे.

'द गार्डियन' की रिपोर्ट्स के अनुसार वुहान में एक दुकान पर भेड़िये का बच्चा, झींगुर, बिच्छू, चूहा, गिलहरी, लोमड़ी, सीविट, जंगली चूहे, सैलमैन्डर, कछुए और घड़ियाल के मांस मिलते थे.

जहां तक हमें पता है कि चमगादड़ और पैंगोलिन्स यहां लिस्टेड नहीं हैं लेकिन चीन के पास इस बात की सूचना होगी कि यहां कौन-कौन से जानवर के मांस बेचे गए. प्रोफ़ेसर बॉल कहते हैं, ''अगर एक बार संक्रमण फैल गया तो आप जानना चाहते हैं कि यह फिर से होगा या नहीं क्योंकि सेहत के लिए यह बहुत ज़रूरी है. ऐसे में हमें यह जानना होता है कि किस जानवर की किस प्रजाति से संक्रमण फैला.''

हाल के बरसों में हम कई तरह के विषाणुओं के संपर्क में आए हैं. ईबोला, एचआईवी, सार्स और अब कोरोना वायरस. प्रोफ़ेसर जोनस कहते हैं कि वाइल्ड लाइफ़ से संक्रामक बीमारियों का बढ़ना शायद इंसान के लालच को भी दिखाता है. प्रोफ़ेसर जोनस के अनुसार इंसान इनके जीवन में अतिक्रमण कर रहा है. वो कहते हैं, ''पूरा लैंडस्केप बदल रहा है. नए विषाणुओं के संपर्क में इंसानों की आबादी जिस तरह से हाल के बरसों में आई है, वैसा अतीत में कभी नहीं हुआ.''

प्रोफ़ेसर कनिंगम कहते हैं, ''अगर हम जोखिमों के कारण को समझेंगे तो शुरुआत में ही चीज़ों को नियंत्रित कर सकते हैं.'' पर्यावरण और जंगलों की रक्षा

की वकालत करने वालों का मानना है कि भले चमगादड़ विषाणुओं का स्रोत होता है लेकिन वो इकोसिस्टम के लिए ज़रूरी भी हैं. वो कहते हैं, "कीटभक्षी चमगादड़ बड़ी संख्या में कीड़े-मकोड़े खाते हैं. ये मच्छर और फसलों को नुक़सान पहुंचाने वाले कीट-पतंगों को खाते हैं. वहीं फ्रूट चमगादड़ पेड़ों पर पराग छिड़कने और उसके बीज फैलाने का काम करते हैं. ज़ाहिर है कि बीमारी नियंत्रित करने के लिए इन्हें मारने की ज़रूरत नहीं पड़ती है."

2002-3 में सार्स के बाद अभी के कोरोना वायरस की तरह ही हुआ था. सार्स के वक़्त भी वन्य जीवों के मार्केट को अस्थायी रूप से बैन किया गया था. लेकिन जल्द ही चीन, वियतनाम और दक्षिण-पूर्वी एशिया के दूसरे हिस्सों में वाइल्ड एनिमल मार्केट पर लगी पाबंदी ख़त्म हो गई थी. चीन ने एक बार फिर से वन्य जीवों से बने उत्पादों के कारोबार पर पाबंदी लगा दी है. इन उत्पादों का इस्तेमाल मुख्य रूप से खाने, फर और पारंपरिक दवाइयों में होता है. मीडिया रिपोर्ट्स के अनुसार इस बार की पाबंदी शायद हमेशा के लिए हो.

संभव है कि हम कभी नहीं जान पाएं कि आख़िर बीमारी फैलने और हज़ारों मौतों के लिए ज़िम्मेदार क्या था. यूनिवर्सिटी ऑफ ईस्ट एंगलिया की प्रोफ़ेसर डायना बेल कहती हैं, "हम सतर्क हो जाएं तो अगले ख़तरनाक विषाणु से बच सकते हैं. हम अलग-अलग देशों, विभिन्न जलवायु और भिन्न जीवन शैली वाले जानवरों को साथ ला रहे हैं. पानी में रहने वाले जीवों और पेड़ों पर रहने वाले जीवों का हम घालमेल कर रहे हैं. हमें ये सब रोकने की ज़रूरत है.'

2
कोरोना वायरस के बारे में

कोरोना वायरस का प्रकोप अब पूरी दुनिया में देखने को मिल रहा है। चीन की सरहदों को पार कर यह वायरस दुनिया के लगभग सभी देशों में मातम की वजह बना हुआ है। यही वजह है कि भारत सरकार ने लॉकडाउन 4 के दौरान भी इंटरनैशनल फ्लाइट्स बंद कर रखी हैं और पूरे देश में इस बीमारी से बचाव के लिए जरूरी गाइडलाइन्स का पालन किया जा रहा है। ताकि इस वायरस के संक्रमण को रोका जा सके और इसका बायॉलजिकल साइकल ब्रेक किया जा सके।

कहां से फैलना शुरू हुआ कोरोना वायरस?
जैसा कि हमने ऊपर भी बताया कि कोरोना वायरस के मामले सबसे पहले चीन में देखने को मिले। दरअसल, चीन के हुवेई प्रांत के वुहान शहर में इसका असर सबसे पहले और सबसे घातक रूप में देखने को मिला। चाइना के अलावा थाईलैंड, सिंगापुर, जापान में भी कोरोना वायरस के मरीज मिल रहे हैं। हाल ही इंग्लैंड में भी एक फैमिली के इस वायरस की चपेट में आने की जानकारी सामने आई है।

कोरोना वायरस क्या है?
वर्ल्ड हेल्थ ऑर्गेनाइजेशन के अनुसार, यह वाइरस सी-फूड से जुड़ा है और इसकी शुरुआत चाइना के हुवेई प्रांत के वुहान शहर के एक सी-फूड बाजार से ही हुई मानी जा रही है। खास बात यह है कि ये वायरस ना केवल इंसानों बल्कि पशुओं को भी अपना शिकार बना रहा है।

क्या कोरोना वायरस एक से दूसरे इंसान में फैलता है?
कोरोना वायरस को लेकर हर रोज नई-नई अपडेट्स आ रही हैं। पहले इस वायरस

के बारे में कहा गया था कि यह इंफेक्टेड सी-फूड खाने से ही फैलता है। जबकि हालही डब्ल्यूएचओ ने इस बात की पूरी संभावना जताई है कि यह वायरस बेहद परिवार के लोगों में एक से दूसरे को फैल सकता है।

कोरोना वायरस के लक्षण क्या हैं?

कोरोना वायरस से संक्रमित व्यक्ति को सबसे पहले सांस लेने में दिक्कत, गले में दर्द, जुकाम, खांसी और बुखार होता है। फिर यह बुखार निमोनिया का रूप ले सकता है और निमोनिया किडनी से जुड़ी कई तरह की दिक्कतों को बढ़ा सकता है।

कोरोना वायरस का इलाज क्या है?

अभी तक सीधे तौर पर कोरोना वायरस पर अटैक करनेवाली कोई वैक्सीन मार्केट में नहीं आई है। लेकिन इसके लक्षणों के आधार पर डॉक्टर्स इसके इलाज में दूसरी जरूरी मेडिसिन्स का उपयोग कर रहे हैं। साथ ही साथ इसकी वैक्सीन तैयार करनेपर भी काम चल रहा है।

कोरोना वायरस से बचने के तरके क्या हैं?

- पहली और अहम बात है कि जब तक कोरोना वायरस का प्रकोप शांत नहीं हो जाता, जितना हो सके सी-फूड से दूर रहें। a) साफ-सफाई कोरोना वायरस से बचने का दूसरा और जरूरी तरीका है। कहीं भी बाहर से आने या कुछ भी खाने से पहले अपने हाथ अच्छी तरह साफ करें। सिर्फ पानी से नहीं बल्कि साबुन या हैंडवॉश से धोएं। b) अपने साथ हैंड सेनिटाइजर हमेशा रखें। जहां पानी से हाथ धोने की व्यवस्था ना हो, वहां इसका इस्तेमाल करें। c) पब्लिक ट्रांसपोर्ट का यूज करने के बाद हाथ साफ किए बिना उन्हें अपने चेहरे और मुंह पर ना लगाएं।d) बीमार लोगों की देखभाल के दौरान अपनी सुरक्षा का पूरा ध्यान रखें। अपनी नाक और मुंह को कवर करके रखें। उनके इस्तेमाल किए हुए बर्तन और कपड़ों का उपयोग करने से बचें।

3

कोरोना प्रभाव

योग वशिष्ठ में श्रीराम को गुरु वशिष्ठ उन द्वारा पूछे प्रश्न का उत्तर देते हुए कहते हैं कि जो व्यक्ति अपनी प्रवृत्ति का प्रकृति के साथ तालमेल कर लेता है उसी का जीवन सफल होता है। आज विश्व जिस कोरोना नामक महामारी का शिकार हो रहा है उसका मूल कारण मानव द्वारा प्रकृति के साथ की छेड़छाड़ ही है। अपने स्वार्थ के लिए मानव ने जल, हवा को जहां प्रदूषित किया वहीं पृथ्वी का दोहन इतना किया कि उसकी क्षमता भी कमजोर हो गई। मानव की लाभ और लालसा का परिणाम है कि जल, थल, आकाश सब प्रभावित हो चुके हैं। कोरोना महामारी इंसान को स्पष्ट संदेश दे रही है कि अगर अब भी मानव ने प्रकृति के साथ छेड़छाड़ जारी रखी तो उसका व उसकी भावी पीढ़ियों का भविष्य अंधकारमय ही होगा। हवा और पानी के बिना जीवन के बारे कोई कल्पना भी नहीं कर सकता और कटु सत्य यही है कि जल और हवा दोनों प्रदूषित हो चुके हैं।

अब लॉकडाउन के दौरान जो तथ्य सामने आ रहे हैं वह यही संकेत दे रहे हैं कि हवा और पानी शुद्ध रह सकते हैं, अगर मानव चाहे तो। पिछले दिनों जालंधर से धर्मशाला की पहाडि़यां दिखाई दी थीं। आज की पीढ़ी के लिए यह एक अजूबे से कम नहीं था, जबकि बुजुर्गों का कहना है कि अतीत में यह आम बात थी। लॉकडाउन से पहले हवा की क्वालिटी इंडक्स 300 से लेकर 400 तक चला जाता था। दिल्ली, पंजाब, हरियाणा और हिमाचल प्रदेश में हवा में बढ़ते प्रदूषण के कारण समाज व सरकार चिंतित थे। आज लॉकडाउन के कारण हवा की क्वालिटी इतनी बेहतर हो गई है कि वैज्ञानिकों का कहना है कि कम तीव्रता वाले भूकंप की पहचान होने लगी है। वैज्ञानिकों ने कहा है कि भूकंप का शोर जमीन का एक अपेक्षाकृत लगातार होने वाला कंपन है जो आमतौर पर सिस्मोमीटर द्वारा दर्ज संकेतों का एक अवांछित

घटक है।

इससे पहले के अध्ययनों में कहा गया था कि सभी तरह की मानव गतिविधियां ऐसे कंपन पैदा करती हैं जो अच्छे भूकंप उपकरणों से की गई पैमाइश को विकृत कर देती हैं। दुनिया के अनेक हिस्सों में जारी बंद की वजह से इन विकृतियों में कमी आई है और 'भारतीय विज्ञान शिक्षा एवं अनुसंधान संस्थान' कोलकाता के एक प्रोफेसर सुप्रिय मित्रा समेत भूकंप वैज्ञानिकों का मानना है कि यह कहना गलत होगा कि धरती की सतह में अब 'कंपन धीरे' हो रहा है, जैसा कि मीडिया में आई कुछ खबरों में कहा गया है। बेल्जियम में आंकड़े दर्शाते हैं कि ब्रसेल्स में कोविड-19 के प्रसार को रोकने के लिए अपनाए गए बंद की वजह से मानव जनित भूकंपीय शोर में करीब 30 प्रतिशत की कमी आई है। वैज्ञानिकों ने कहा कि इस शांति का मतलब यह है कि सतह पर भूकंप को मापने के पैमाने के आंकड़े उतने ही स्पष्ट हैं जितना कि उसी उपकरण को पहले धरती की सतह में गहराई पर रखने से मिलते थे। भारत में मित्रा इसी तरह के भूकंपीय आंकड़ों और अध्ययनों को देख रहे हैं। मित्रा ने 'पीटीआई' को बताया हम लॉकडाउन के दौरान के आंकड़ों को जुटाना चाहते थे और यह देखना चाहते हैं कि भूकंपीय शोर किस स्तर तक कम हुआ है।

उन्होंने कहा कि मानवजनित गतिविधियों के कारण सांस्कृतिक व परिवेशीय शोर एक हर्ट्ज या उससे ऊपर है- और एक हर्ट्ज वह मानक आवृत्ति है जिस पर भूकंप की ऊर्जा आती है। मित्रा ने कहा इसलिए अगर शोर ज्यादा है तो आम तौर पर भूकंपों का पता कम चलता है। बंद के फलस्वरूप क्या हुआ, वह बताते हैं कि गाडियों की आवाजाही और मानव गतिविधियां कम हुई जिसकी वजह से परिवेशीय शोर कम हुआ। उन्होंने कहा भूकंप का पता लगाने की सीमा कम हो गई है। इसलिए छोटे भूकंपों का भी ज्यादा पता चल रहा है। पंजाब में सतलुज और ब्यास का पानी पहले से काफी साफ हो गया है। इस कारण हरिके पत्तन में डाल्फिन मछलियां खेलती देखी जा रही हैं। वहीं उत्तराखंड में लॉकडाउन के कारण हरिद्वार, ऋषिकेश, टिहरी, देवप्रयाग और उत्तरकाशी के गंगा तट भी वीरान हो गए हैं। हर की पौड़ी समेत सभी गंगा घाटों पर गंगा आरती देखने के लिए श्रद्धालुओं पर पाबंदी लगा दी गई है।

गंगा में लोग न तो फूल डाल रहे हैं और न ही पूजा का सामान डाल रहे हैं। मोटर कारें लोगों के गैराज में बंद पड़ी हैं जिससे गंगा तट के इन शहरों की आबोहवा तरोताजा हो गई है और प्रदूषण बहुत कम हुआ है जिसका अच्छा असर पर्यावरण पर पड़ा है। हरिद्वार और ऋषिकेश के सभी उद्योग बंद पड़े हैं। जिन उद्योगों का रसायन युक्त गंदा पानी पहले गंगा में जाता था, अब नहीं जा रहा है। एक अध्ययन

के अनुसार पूर्ण बंदी के चलते 12 दिनों में एक अध्ययन के अनुसार गंगा जल उत्तरकाशी से लेकर हरिद्वार तक से 40 से 50 फीसद तक साफ हुआ है। इतना ही नहीं गंगा जल के और स्वच्छ होने से यहां बड़ी संख्या में प्रवासी पक्षियों ने भी डेरा डाल दिया है। गंगा के तटों पर इन पक्षियों को आसानी से बड़े-बड़े समूह में देखा जा सकता है।

यही स्थिति यमुना सहित देश की अन्य नदियों की है। कोरोना वायरस बेशक लोगों की जानें ले रहा है और सारा विश्व इस महामारी से भयग्रस्त है। इसी कारण लॉकडाउन न हटाने की बात पर भी विचार हो रहा है। इस लॉकडाउन के कारण आर्थिक संकट भी आ गया है। लेकिन तस्वीर का दूसरा पहलू यह है कि जब इंसान धन के लिए व भौतिक सुख-सुविधा के लिए हवा और जल को प्रदूषित कर रहा था और पृथ्वी का आवश्यकता से अधिक दोहन कर रहा था आज कोरोना वायरस ने इंसान को उसी को उसके कम•ोर पक्ष से भली भांति परिचित कर दिया है। मोटर, गाड़ी और बैंक बैलेंस सब कुछ इंसान के पास है, लेकिन वह इस्तेमाल नहीं कर सकता। विश्व का सबसे विकसित देश अमेरिका जो सैनिक, वैज्ञानिक व आर्थिक दृष्टि से सबसे मजबूत है आज प्रकृति के आगे बेबस है।

हमारे पूर्वजों ने तो शुरू से हमें समझाया था कि प्रकृति से तालमेल कर चलने वाला सुखी है। प्रकृति परमार्थ की प्रतीक है, इंसान परमार्थ को भूलकर स्वार्थसिद्धि को लग गया है। प्रकृति ने एक ही झटके में समझा दिया है कि स्वार्थ की राह आत्मघाती है, परमार्थ ही जीवन का आधार है। कोरोना का हमारे जीवन पर एक सकारात्मक प्रभाव हो सकता है, अगर मानव समझ ले। मानव ने अगर अब भी जल, हवा, जंगल से खिलवाड़ जारी रखा और पृथ्वी का दोहन अपने स्वार्थ के लिए करता रहा तो फिर आने वाला कल अंधकारमय ही होगा और हमारी भावी पीढ़ियां हमें इसके लिए कभी माफ नहीं करेंगी।

4

कोरोना वायरस के लक्षण

कोरोना वायरस के लक्षणों में शामिल दो नई चीजें क्या हैं?

अगर आपको खाने में चीजों का स्वाद नहीं मिल रहा है और आसपास की चीजों की गंध महसूस नहीं कर पा रहे हैं तो आपको सावधान हो जाना चाहिए. आपको कोराना की जांच जरूर करा लेनी चाहिए. केंद्रीय स्वास्थ्य मंत्रालय ने शनिवार को सूंघने और स्वाद की क्षमता में कमी को भी कोरोना वायरस के लक्षणों में शामिल कर लिया.

इस मसले पर काफी समय से चर्चा जारी थी. राष्ट्रीय टास्क फोर्स ने व्यापक चर्चा के बाद इस बारे में फैसला लिया है. यह पाया गया है कि कोरोना सें संक्रमित लोगों में सूंघने और स्वाद महसूस करने की क्षमता में कमी आई है. इसलिए इसे अब संक्रमण के लक्षण में शामिल कर लिया गया है.

कोरोना वायरस के संक्रमण को फैलने से रोकने के लिए इसके लक्षणों को पहचानना बेहद जरूरी है. लक्षणों को पहचानकर ही कोरोना वायरस को काबू में किया जा सकता है.

कोरोना वायरस के लक्षण और बचाव के तरीके

कोरोना वायरस का मुख्य लक्षण तेज बुखार है. बच्चों और वयस्कों में अगर 100 डिग्री फ़ारेनहाइट (37.7 डिग्री सेल्सियस) या इससे ऊपर पहुंचता है तभी यह चिंता का विषय है.

विश्व स्वास्थ्य संगठन (WHO) के मुताबिक कोरोना वायरस से संक्रमित होने

पर 88 फीसदी को बुखार, 68 फीसदी को खांसी और कफ, 38 फीसदी को थकान, 18 फीसदी को सांस लेने में तकलीफ, 14 फीसदी को शरीर और सिर में दर्द, 11 फीसदी को ठंड लगना और 4 फीसदी में डायरिया के लक्षण दिखते हैं. रनिंग नोज यानी नाक बहना कोरोना वायरस का लक्षण नहीं माना जा रहा है. हां, एक बात ध्यान देने वाली है कि कई मामले ऐसे मिले हैं, जिनमें कोरोना के कोई लक्षण नजर नहीं आए हैं. इसलिए आपको ज्यादा सावधान रहने की जरूरत है.

कोरोना वायरस का संबंध वायरस के ऐसे परिवार से है, जिसके संक्रमण से जुकाम से लेकर सांस लेने में तकलीफ जैसी समस्या हो सकती है. इस वायरस को पहले कभी नहीं देखा गया है. इस वायरस का संक्रमण दिसंबर में चीन के वुहान में शुरू हुआ था. डब्लूएचओ के मुताबिक, बुखार, खांसी, सांस लेने में तकलीफ इसके लक्षण हैं. अब तक इस वायरस को फैलने से रोकने वाला कोई टीका नहीं बना है.

क्या हैं इस बीमारी के लक्षण?

इसके लक्षण फ्लू से मिलते-जुलते हैं. संक्रमण के फलस्वरूप बुखार, जुकाम, सांस लेने में तकलीफ, नाक बहना और गले में खराश जैसी समस्या उत्पन्न होती हैं. यह वायरस एक व्यक्ति से दूसरे व्यक्ति में फैलता है. इसलिए इसे लेकर बहुत सावधानी बरती जा रही है. कुछ मामलों में कोरोना वायरस घातक भी हो सकता है. खास तौर पर अधिक उम्र के लोग और जिन्हें पहले से अस्थमा, डायबिटीज़ और हार्ट की बीमारी है.

क्या हैं इससे बचाव के उपाय?

स्वास्थ्य मंत्रालय ने कोरोना वायरस से बचने के लिए दिशानिर्देश जारी किए हैं. इनके मुताबिक, हाथों को साबुन से धोना चाहिए. अल्कोहल आधारित हैंड रब का इस्तेमाल भी किया जा सकता है. खांसते और छीकते समय नाक और मुंह रूमाल या टिश्यू पेपर से ढककर रखें. जिन व्यक्तियों में कोल्ड और फ्लू के लक्षण हों उनसे दूरी बनाकर रखें. अंडे और मांस के सेवन से बचें. जंगली जानवरों के संपर्क में आने से बचें.

कोरोना की पहचान के लिए इन लक्षणों पर गौर करें

तेज बुखार आनाः अगर किसी व्यक्ति को सुखी खांसी के साथ तेज बुखार है तो उसे एक बार जरूर जांच करानी चाहिए. यदि आपका तापमान 99.0 और 99.5 डिग्री फारेनहाइट है तो उसे बुखार नहीं मानेंगे. अगर तापमान 100 डिग्री फ़ारेनहाइट (37.7 डिग्री सेल्सियस) या इससे ऊपर पहुंचता है तभी यह चिंता का विषय है.

कफ और सूखी खांसीः पाया गया है कि कोरोना वायरस कफ होता है मगर

संक्रमित व्यक्ति को सुखी खांसी आती है.

सांस लेने में समस्याः कोरोना वायरस से संक्रमित होने के 5 दिनों के अंदर व्यक्ति को सांस लेने में समस्या हो सकती है. सांस लेने की समस्या दरअसल फेफड़ो में फैलते कफ के कारण होती है.

फ्लू-कोल्ड जैसे लक्षणः विश्व स्वास्थ्य संगठन (WHO) के अनुसार कोरोना वायरस से संक्रमित होने पर कभी-कभी बुखार, खांसी, सांस में दिक्कत के अलावा फ्लू और कोल्ड जैसे लक्षण भी हो सकते हैं.

डायरिया और उल्टीः कोरोना से संक्रमित लोगों में डायरिया और उल्टी के भी लक्षण देखे गए है. करीब 30 प्रतिशत लोगों में इस तरह के लक्षण पाये गए हैं.

सूंघने और स्वाद की क्षमता में कमीः बहुत से मामलों में पाया गया है कि कोरोना से संक्रमित लोगों को सूंघने और स्वाद की क्षमता में कमी आती है.

कोरोना वायरस से मृत्युदर

9 साल तक के बच्चों में- 0 प्रतिशत
10-39 वर्ष तक के लोगों में 0.2 प्रतिशत
40-49 वर्ष तक के लोगों में 0.4 प्रतिशत
50-59 वर्ष तक के लोगों में 1.3 प्रतिशत
60-69 वर्ष तक के लोगों में 3.6 प्रतिशत
60-69 वर्ष तक के लोगों में 3.6 प्रतिशत
70-79 वर्ष तक के लोगों में 8 प्रतिशत
80 से ज्यादा वर्ष के लोगों में 14.8 प्रतिशत

5

कोरोना वायरस का वस्तुओ पर असर

बाज़ारों में, सड़कों पर, घर की सोसाइटी में, यहां तक की एटीएम मशीन तक को सैनिटाइज़ किया जा रहा है.

जिन दफ़्तरों में अभी भी काम किया जा रहा है वहां कर्मचारियों के घुसने से पहले पूरे ऑफ़िस की अच्छे से साफ़-सफ़ाई हो रही है. कीटनाशक छिड़के जा रहे हैं.

क्योंकि, माना ये जा रहा है कि कोरोना वायरस किसी भी चीज़ की सतह पर मौजूद हो सकता है.

सांस के सिस्टम पर हमला करने वाले किसी भी तरह के वायरस की तरह कोविड-19 भी खांसने या छींकने पर मुंह से निकलने वाली छोटी-छोटी बूंदो से फैलता है,सिर्फ़ एक बार खांसने पर मुंह से क़रीब तीन हज़ार बूंदें निकलती हैं. ये छोटी-छोटी बूंदें आस-पास रखे सामान, कपड़ों वग़ैरह की सतह पर गिरती हैं.

और जो बूंदे बहुत ही ज़्यादा छोटी होती हैं, वो हवा में ही तैरती रहती हैं.

यहां तक कि अगर कोई शौचालय से आकर हाथ नहीं धोता है और किसी चीज़ को छू लेता है, तो वो उस वस्तु को संक्रमित कर देता है.

इसी तरह अगर कोविड-19 संक्रमित कोई व्यक्ति कहीं खांसता या छींकता है तो वो आस-पास का माहौल संक्रमित कर देता है.

इसीलिए, अमरीका सेंटर फॉर डिज़ीज़ कंट्रोल एंड प्रिवेंशन और WHO लगातार कहते रहे हैं कि अगर कोविड -19 को फैलने से रोकना है, तो आस-पास का वातावरण कीटाणु मुक्त बनाना ज़रूरी है।

हालांकि अभी तक ये पता नहीं चल पाया है कि कितने लोग संक्रमित जगह छूने से कोरोना के शिकार हुए हैं.

अभी तक साफ़ तौर पर ये भी पता नहीं चल पाया है कि कोविड-19 का वायरस इंसान के शरीर के बाहर कितनी देर ज़िंदा रहता है.

कोरोना परिवार के अन्य वायरस जैसे सार्स (SARS) और मर्स (MERS) के वायरस मेटल, शीशा और प्लास्टिक पर 9 दिन तक ज़िंदा रहते हैं.

बशर्ते कि संक्रमित जगह को साफ़ ना किया जाए. कम तापमान में तो कई वायरस 28 दिन से ज़्यादा तक ज़िंदा रह सकते हैं.

SARS-CoV-2 किसी चीज़ की सतह पर कितनी देर ज़िंदा रह सकता है, इस पर अभी रिसर्च जारी है.

हवा में तीन घंटे तक

और इस दिशा में अमरीका के नेशनल इंस्टीट्यूट ऑफ़ हेल्थ (NIH) की रिसर्चर नीलजे वान डोरमलेन और उनके साथी पहला टेस्ट कर भी चुके हैं.

इनकी रिसर्च के मुताबिक़ कोविड-19 वायरस खांसने के बाद हवा में तीन घंटे तक ज़िंदा रह सकता है.

जबकि खांसने पर मुंह से निकले 1 से 5 माइक्रोमीटर साइज़ के ड्रॉपलेट हवा में कई घंटों तक ज़िंदा रह सकते हैं.

NIH की रिसर्च के मुताबिक़ SARS-CoV-2 वायरस, गत्ते पर 24 घंटे तक ज़िंदा रहता है. जबकि प्लास्टिक और स्टील की सतह पर 2 से 3 दिन तक जिंदा रहता है.

रिसर्च तो ये भी कहती हैं कि ये वायरस प्लास्टिक या लेमिनेटेड हैंडल या किसी सख्त सतह पर ज़्यादा देर तक रह सकता है. जबकि तांबे की सतह पर ये वायरस चार घंटे में मर सकता है.

रिसर्च ये भी कहती हैं कि 62-71 फ़ीसद अल्कोहल वाले सैनिटाइज़र से कोरोना के वायरस को मिनट भर में निष्क्रिय किया जा सकता है.

इसके लिए 0.5 फ़ीसद हाइड्रोजन परॉक्साइड ब्लीच या 0.1 फ़ीसद सोडिम हाइपोक्लोराइट वाली घरेलू ब्लीच भी इस काम के लिए इस्तेमाल की जा सकती है.

इसके अलावा नमी और तेज़ तापमान भी इसे ख़त्म करने में सहायक हो सकते हैं.

कुछ रिसर्च तो किसी भी सतह को कीटाणुरहित बनाने के लिए पराबैंगनी रोशनी का इस्तेमाल करने को भी कहती हैं लेकिन ये मानव की त्वचा के लिए

घातक हैं.

कपड़ों की सतह तुरंत कीटाणुरहित बनाना थोड़ा मुश्किल है. वैसे अभी ये पता भी नहीं है कि कपड़ों पर ये वायरस कितनी देर ज़िंदा रहता है.

आस-पास का वातावरण

रिसर्चरों का कहना है कि इंसान के शरीर में इस वायरस के जाने के बहुत से तरीक़े हो सकते हैं.

अभी रिसर्च के लिए ये वायरस नया है लिहाज़ा किसी भी बात पर आंख मूंद कर यक़ीन नहीं किया जा सकता. लेकिन एक बात पर तो किया ही जा सकता है.

नए कोरोना वायरस को हाथ और आस-पास के वातावरण को साफ़ रखकर ही हराया जा सकता है.

6

लॉकडाउन का असर

हम सब जानते हैं कि आज कोरोना वायरस के कारण अपने अस्तित्व को बचाने के लिए पूरी दुनिया दहशत में है, वहीं परिवार संस्था भी इसकी चुनौती से अछूती नहीं रही। इस महामारी के प्रकोप के कारण सभी को अपने घरों में रहने की हिदायत दी गई यानी लॉकडाउन की स्थिति उत्पन्न हो गई। एक खबर के अनुसार इस लॉकडाउन के चलते चीन के शिचुआन प्रान्त में पति-पत्नी के बीच विवाद इतने बढ़ गए कि एक माह में 300 तलाक की अर्जी अदालत में दाखिल हुई। चीन की स्थानीय मीडिया के अनुसार कोरोना वायरस के खौफ के चलते लोग अब ज्यादातर वक्त घर पर रहने को मजबूर हो रहे हैं, इसके चलते पति-पत्नी में विवाद के मामले बढ़ने लगे हैं। भारत में भी इस तरह की अनेक घटनाए सामने आई जैसे कोरोना वायरस के चलते मुंबई में बड़े भाई ने छोटे भाई को चाकुओं से गोद दिया क्योंकि वह उसे लॉकडाउन के कारण बाहर जाने से मना कर रहा था पर छोटा भाई उसकी बात नहीं मान रहा था। दूसरी तरफ छत्तीसगढ़ के बिलासपुर क्षेत्र में कोरोना वायरस के संक्रमण के डर से भाभी ने मायके आई नन्द को ताना मारा कि रोज-रोज यहाँ न आया करो। नन्द के यह कहने पर कि यह उसका मायका है वह तो आएगी तब भाभी ने उसकी पिटाई कर उसे लहूलुहान कर दिया। दिल्ली के एक सरकारी स्कूल की शिक्षिका ने अपनी सोसाइटी की 17वीं मंजिल से कूदकर आत्महत्या कर ली। वह महिला लॉक डाउन को लेकर तनाव में थी। नोएडा में टिक-टॉक वीडियो पे कुछ दिनों से लाइक न मिलने से परेशान एक 18 वर्षीय युवा ने पंखे से लटक कर आत्महत्या कर ली। वडोदरा में ऑनलाइन लूडो खेल में 24 वर्षीय पत्नी द्वारा पति को 3-4 बार हरा देने पर उसने अपनी पत्नी को इतना पीटा कि उसकी रीढ़ की हड्डी में चोट आ गई। उसे लगा कि उसकी पत्नी खुद को

ज्यादा बुद्धिमान और स्मार्ट समझती है। यह कुछ ऐसी घटनाएं हैं जो सोचने पर मजबूर करती हैं कि क्या यह छोटी-छोटी बाते भी हत्या/आत्महत्या या झगड़े का कारण हो सकती हैं? आखिर इतने असहनशील क्यों और कैसे हो गए हम?

केवल इतना ही नहीं बल्कि न्यू यॉर्क टाइम्स की रिपोर्ट के अनुसार अमेरिका में लॉकडाउन में बच्चे माता-पिता से परेशान होकर चिढ़-चिढ़े हो रहे हैं और कहना भी नहीं मानते, कहीं भाग जाना चाहते हैं। 24 घंटे साथ रहने पर मजबूर परिवारों में तनाव और अवसाद बढ़ रहा है। अधिकांश लोगों के लिए लॉकडाउन केबिन फीवर (एक ही जगह पर फंस जाने से होने वाला तनाव) में बदल गया है। महिलाएं घर के काम में थक रही हैं और उनमें डिप्रेशन बढ़ रहा है। अधिकांश परिवारों में घर के कामों में पति भी मदद नहीं कर रहे और घर के सारे काम अकेले करने पड़ रहे हैं इससे तनाव कभी-कभी बहुत बढ़ जाता है और नकारात्मक विचार आने लगते हैं। जो विद्यार्थी होस्टल से घर लौटे हैं वे घर के वातावरण में एडजस्ट नहीं हो पा रहे इससे घर में बहस और झगड़े बढ़ रहे हैं।

वहीं भारत में राष्ट्रीय महिला आयोग (NCW) को पिछले 18 दिनों में घरेलू हिंसा की 123 शिकायतें मिली हैं, जिसमें पैनल ने कहा है कि लॉकडाउन के दौरान ऐसे मामलों में वृद्धि देखी जा रही है। एनसीडब्ल्यू द्वारा हाल ही में साझा किए गए आंकड़ों के अनुसार, 23 मार्च से 10 अप्रैल तक,महिलाओं की समस्याओं से सम्बन्धित कुल 370 शिकायतें प्राप्त हुईं जिनमे से सबसे ज्यादा यानी 123 घरेलू हिंसा की थीं। कल्पना कीजिये कि ये ऐसे मामले हैं जो ऑनलाइन रिपोर्ट हुए क्योंकि लॉकडाउन की स्थिति बनी हुई है और जो ऑनलाइन तकनीक से परिचित न होने के कारण अभी तक रिपोर्ट नहीं कर पाए उनका क्या? इसलिए वर्तमान स्थिति में स्वास्थ्य समस्याओं पर चिंतन के साथ-साथ इन घटनाओं पर भी चिंतन की आवश्यकता है। जैसे यह कथन सच है कि 'जान है तो जहान है' वैसे ही यह भी उतना ही सच है कि 'सामाजिक सम्बन्ध बचेंगे तो समाज बचेगा'।

ऐसा सुनते आए हैं कि समाज/परिवार में साथ रहने से प्यार और भावनात्मक निकटता बढ़ती है परन्तु यह घटनाएं तो कुछ और ही सिद्ध कर रही हैं। मनुष्य इतना एकाकी और अलगावित हो गया है कि अब वह किसी के साथ भी नहीं रहना चाहता या रह सकता। उसकी निर्भरता मशीनों पर इतनी बढ़ गई है कि अब उसे मानव की जरुरत नहीं। मनुष्य में सहनशीलता, भावनात्मक निकटता, एक दूसरे के प्रति प्रेम, सम्बन्धों का महत्त्व, उनके प्रति जिम्मेदारी का भाव सब कुछ समाप्त हो गया है। आप उसे अकेले एक कमरे में रख दीजिए शायद तब वह परेशान नहीं होगा जितना वह परिवार के साथ बंद होने से परेशान है। सवाल उठता

है कि क्या आज भी यह तर्क दिया जा सकता है कि मनुष्य एक सामाजिक प्राणी है?

इसी तरह अगर बच्चों की बात करे तो लॉकडाउन के शुरूआती दौर में तो बच्चे छुटियों को एन्जॉय कर रहे थे फिर धीरे-धीरे घर में कैद रहने जैसी फीलिंग अनुभव करने लगे, ऑनलाइन गेम खेलना, टी.वी. देखना, खाना-पीना और सोना बस जिन्दगी इतने तक सीमित होने लगी। न दोस्तों से मिलना, न घर से बाहर निकलना और घर पर सारा दिन माता-पिता के अनुसार काम करने या निर्देश में चलने की बाध्यता ने बच्चों में गुस्सा, आक्रामकता, चिढ़चिढ़ापन भर दिया। आज के दौर की पीढ़ी को 'पर्सनल स्पेस' की आदत होती है जो उन्हें उच्च वर्गीय और अधिकांश मध्य वर्गीय परिवारों में मिल ही जाता है। इसलिए उन्हें अपने निर्णय खुद लेने और उनके निर्णयों में किसी का हस्तक्षेप करने की आदत सहन नहीं होती। अनेक अध्ययनों में यह देखा गया है कि जब से बच्चों की आधुनिक टेक्नोलॉजी पर निर्भरता बढ़ी है उन्हें किसी और का साथ अच्छा नहीं लगता। वे अपना अधिकांश समय मोबाइल, कंप्यूटर, आई-पोड के साथ बिताते हैं या कहें कि उन्हें वास्तविक दुनिया की जगह आभासी दुनिया (वर्चुअल विश्व) में रहना अधिक पसंद आता है। और यही कारण है कि जब लॉकडाउन के दौरान इन बच्चों को अपने परिवार के साथ 24 घंटे रहना पड़ रहा है वो भी अनिश्चित काल के लिए तो बच्चे परिवारों में एडजस्ट नहीं कर पा रहे। परिणामस्वरुप उनके व्यवहार में नकारात्मक प्रवृत्तियाँ उभरती देखी जा सकती हैं।

दूसरी तरफ यह भी एक तथ्य है कि कोरोना के प्रहार से अर्थव्यवस्था भी अछूती नहीं रह सकती। अंतर्राष्ट्रीय श्रम संगठन (आईएलओ) की एक रिपोर्ट के अनुसार भारत के असंगठित क्षेत्र के लगभग 40 करोड़ से अधिक श्रमिको पर इस लॉकडाउन का प्रभाव पड़ सकता है। रिपोर्ट के अनुसार भारत भी नाइजीरिया और ब्राजील के साथ उन देशों में शामिल है, जो इस महामारी से उत्पन्न होने वाली स्थितियों से निपटने के लिए अपेक्षाकृत सबसे कम तैयार थे। ऐसे में इन देशों में बेरोजगारी और गरीबी के आंकड़ों में व्यापक वृद्धि होने की सम्भावना से इंकार किया जा सकता। ऐसे भी कई उदाहरण सामने आये हैं कि लॉकडाउन के बाद उभरने वाली महामंदी के दौर को ध्यान में रखते हुए कई पश्चिमी देशों ने अपने यहाँ काम करने वाले भारतियों/एशियाई लोगों को नौकरी से हटाने के प्रयास शुरू कर दिए हैं। संयुक्त राष्ट्र ने भी हाल ही में कहा था कि दुनियाभर में ढाई करोड़ से अधिक नौकरियां जा सकती हैं। एक मीडिया की रिपोर्ट के अनुसार दिल्ली में एक अंतरराष्ट्रीय ट्रेवल कंपनी ने कोरोना के कहर के चलते तीन सौ से अधिक

कर्मचारियों को टर्मिनेशन नोटिस भेजा है। कोरोना संकट से निपटने के बाद अभी पारिवारिक, सामाजिक और आर्थिक संकट से निपटने के लिए भी तैयार होने की आवश्यकता है।

यह सोचने का विषय है कि प्रकृति की एक चुनौती ने मानव समाज के सामने संकटों का अम्बार लगा दिया अब देखना यह है कि मानव इन सबसे कैसे उबरता है? साथ ही उत्तर-कोविड समाज कैसा होगा, लोगों के व्यवहार या व्यक्तित्व में क्या बदलाव आएगा, अर्थव्यवस्था पर क्या असर पड़ेगा इत्यादि गहन चिंता का विषय हैं।

7
अर्थव्यवस्था पर पड़ी असर

भविष्य को लेकर कई अनुमान हैं. लेकिन, ये सभी इस बात पर निर्भर करते हैं कि सरकारें और समाज कोरोना वायरस को कैसे संभालते हैं और इस महामारी का अर्थव्यवस्था पर क्या असर होगा. उम्मीद है कि हम इस संकट के दौर से एक ज़्यादा बेहतर, ज़्यादा मानवीय अर्थव्यवस्था बनकर उभरेंगे. लेकिन, अनुमान यह भी है कि हम कहीं अधिक बुरे हालात में भी जा सकते हैं.

मुझे लगता है कि हम अपनी स्थिति को समझ सकते हैं. साथ ही दूसरे संकटों को देखकर हम यह भी अंदाज़ा लगा सकते हैं कि हमारा भविष्य कैसा होने वाला है.

मेरी रिसर्च का फ़ोकस आधुनिक अर्थव्यवस्था के फंडामेंटल्स पर है. इसके केंद्र में ग्लोबल सप्लाई चेन, तनख़्वाह और उत्पादकता जैसी चीज़ें हैं.

मैं इन चीज़ों पर ग़ौर कर रहा हूं कि कैसे आर्थिक क्रियाकलाप क्लाइमेट चेंज और मज़दूरों के कमज़ोर मानसिक और शारीरिक स्वास्थ्य की वजह बनते हैं.

मैं यह बात ज़ोर देकर कहता रहा हूं कि अगर हम एक सामाजिक तौर पर न्यायोचित और एक बेहतर पर्यावरण वाला भविष्य चाहते हैं तो हमें अपने अर्थशास्त्र को बदलना होगा.

कोविड-19 के इस दौर में इससे ज़्यादा मौजूं कुछ भी नहीं हो सकता है.

कोरोना वायरस महामारी के रेस्पॉन्स दूसरे सामाजिक और पर्यावरणीय संकटों को लाने वाले जरियों का विस्तार ही है. यह एक तरह की वैल्यू के ऊपर दूसरे को प्राथमिकता देने से जुड़ा हुआ है. कोविड-19 से निपटने में ग्लोबल रेस्पॉन्स को

तय करने में इसी डायनेमिक की बड़ी भूमिका है.

ऐसे में जैसे-जैसे वायरस को लेकर रेस्पॉन्स का विकास हो रहा है, उसे देखते हुए यह सोचना ज़रूरी है कि हमारा आर्थिक भविष्य क्या शक्ल लेगा?

एक आर्थिक नज़रिए से चार संभावित भविष्य हैं.

पहला, बर्बरता के दौर में चले जाएं. दूसरा, एक मज़बूत सरकारी कैपिटलिज़्म आए. तीसरा, एक चरम सरकारी समाजवाद आए. और चौथा, आपसी सहयोग पर आधारित एक बड़े समाज के तौर पर परिवर्तन दिखाई दे. इन चारों भविष्य के वर्जन भी संभव हैं.

छोटे बदलावों से नहीं बदलेगी सूरत

क्लाइमेट चेंज की तरह से ही कोरोना वायरस हमारी आर्थिक संरचना की ही एक आंशिक समस्या है. हालांकि, दोनों पर्यावरण या प्राकृतिक समस्याएं प्रतीत होती हैं, लेकिन ये सामाजिक रूप पर आधारित हैं.

हां, क्लाइमेट चेंज गर्मी को सोखने वाली कुछ खास गैसों की वजह से होता है. लेकिन, यह बेहद हलकी और सतही परिभाषा है.

क्लाइमेट चेंज की असलियत समझने के लिए हमें उन सामाजिक वजहों को ढूंढना होगा जिनके चलते हम ग्रीनहाउस गैसों का उत्सर्जन लगातार कर रहे हैं.

इसी तरह से कोविड-19 भी है. भले ही सीधे तौर पर इसकी वजह एक वायरस है. लेकिन, इसके असर को रोकने के लिए हमें मानव व्यवहार और इसके वृहद रूप में आर्थिक संदर्भों को समझना होगा.

कोविड-19 और क्लाइमेट चेंज से निपटना तब कहीं ज़्यादा आसान हो जाएगा अगर आप गैर-ज़रूरी आर्थिक गतिविधियों को कम कर देंगे.

क्लाइमेट चेंज के मामले में अगर आप उत्पादन कम करेंगे तो आप कम ऊर्जा का इस्तेमाल करेंगे और इस तरह से कम ग्रीनहाउस गैसों को उत्सर्जन होगा.

कोरोना की महामारी से भले ही अभी निपटने का तरीका नहीं समझ आ रहा है, लेकिन इसका मूल लॉजिक बेहद आसान है. लोग आपस में मिलजुल रहे हैं और संक्रमण फैला रहे हैं. ऐसा घरों में भी हो रहा है, दफ़्तरों में भी और यात्राओं में भी. यह मेलजोल, भीड़भाड़ अगर कम कर दी जाए तो एक शख्स से दूसरे शख्स को वायरस का ट्रांसमिशन रुकेगा और नए मामलों में गिरावट आएगी.

लोगों के आपसी संपर्क कम होने से शायद से कई दूसरी कंट्रोल स्ट्रैटेजीज (नियंत्रण रणनीतियों) में भी मदद मिलेगी.

संक्रामक बीमारियों के लिए एक आम कंट्रोल स्ट्रैटिजी कॉन्टैक्ट ढूंढना और आइसोलेशन है. इसमें संक्रमित व्यक्ति के संपर्कों की पहचान की जाती है. इसके

बाद इन्हें आइसोलेट किया जाता है ताकि संक्रमण और लोगों तक न पहुंचे. जितनी काबिलियत से आप इन कॉन्टैक्ट्स को ढूंढ लेते हैं उतने ही प्रभावी तरीके से आप संक्रमण पर काबू पाने में सफल होते हैं.

वुहान में जो हुआ उससे हमें सामाजिक दूरी और लॉकडाउन के उपाय अपनाने पड़े जो कि प्रभावी साबित हुए. राजनीतिक अर्थव्यवस्था हमें यह समझने में मदद देती है कि क्यों यूरोपीय देशों, ख़ास तौर पर यूके और यूएस में इन तरीक़ों को पहले से ही क्यों नहीं अपनाया गया.

क्षणभंगुर अर्थव्यवस्था

लॉकडाउन की वजह से ग्लोबल इकॉनमी पर प्रेशर पड़ रहा है. हमें गंभीर मंदी आती दिख रही है. आर्थिक गतिविधियां ठप पड़ गई हैं और इसे देखते हुए कुछ वर्ल्ड लीडर लॉकडाउन के उपायों में ढील देने की बात कर रहे हैं.

चीज़ें ख़त्म हो जाने का अर्थशास्त्र बेहद सीधा है. कारोबार होते ही मुनाफ़ा कमाने के लिए हैं. अगर वे उत्पादन नहीं करेंगे तो वे चीज़ें बेच नहीं पाएंगे. इसका मतलब है कि उन्हें मुनाफ़ा नहीं होगा. इसका मतलब है कि उनके पास आपको नौकरी देने की कम गुंजाइश होगी.

कारोबार ऐसे वर्कर्स को अभी अपने पास बनाए रख सकते हैं और रखे भी हुए हैं जिनकी उन्हें तत्काल ज़रूरत नहीं है. आने वाले वक्त में इकॉनमी के फिर से खड़े होने की स्थिति में पैदा होने वाली डिमांड को पूरा करने में उन्हें इन वर्कर्स की ज़रूरत होगी.

लेकिन, अगर चीज़ें बिगड़ने ललेंगीं तो कारोबार इन वर्कर्स को नहीं रोकेंगे. ऐसे में बड़े पैमाने पर लोगों को या तो अपनी नौकरियों से हाथ धोना पड़ेगा या उन्हें नौकरी जाने का डर रहेगा. ऐसे में लोग कम ख़रीदारी करेंगे. और यह पूरा चक्र फिर से शुरू हो जाएगा. हम एक आर्थिक मंदी की चपेट में आ जाएंगे.

कोरोना के बाद इकॉनमी का क्या होगा?

जब एक सामान्य संकट आता है तो इसे सुलझाना आसान होता है. सरकारें पैसा खर्च करती हैं. सरकारें तब तक पैसा खर्च करती हैं जब तक कि लोग खपत करना और काम करना शुरू नहीं कर देते.

लेकिन, यहां सामान्य दखल से काम नहीं चलेगा क्योंकि हम कम से कम फिलहाल तो यह नहीं चाहते कि इकॉनमी रिकवर करे. लॉकडाउन का पूरा मकसद यह है कि लोग काम पर न जाएं जहां वे वायरस फैला सकते हैं.

एक हालिया स्टडी में सुझाव दिया गया है कि वुहान में लॉकडाउन को इतनी जल्दी हटाने से चीन में इस साल के आख़िर में कोरोना के मामलों का दूसरा पीक

दिखाई दे सकता है.

इकनॉमिस्ट जेम्स मीडवे लिखते हैं कि कोविड-19 का सही रेस्पॉन्स युद्ध के दौरान वाली इकॉनमी नहीं है- जिसमें बड़े पैमाने पर उत्पादन होता है. बल्कि, हमें हमें एक एंटी-वॉरटाइम इकॉनमी की ज़रूरत है और उत्पादन में बड़े स्तर पर कटौती की.

वह लिखते हैं कि अगर हम भविष्य की महामारियों के सामने टिके रहने की ताकत चाहते हैं तो हमें एक ऐसा सिस्टम बनाना होगा जो कि उत्पादन को इस तरह से कम करने में सक्षम हो जिसमें लोगों की आजीविकाओं पर बुरा असर नहीं पड़े.

ऐसे में हमें एक अलग तरह के आर्थिक सोच की ज़रूरत है. हम अर्थव्यवस्था को बस चीज़ें ख़रीदने और बेचने के तरीके के तौर पर देखते हैं, लेकिन, अर्थव्यवस्था यह नहीं है और न ही यह ऐसी होनी चाहिए.

मूल रूप में अर्थव्यवस्था के ज़रिए हम अपने संसाधनों का उन चीज़ों को बनाने में इस्तेमाल करते हैं जिनकी ज़रूरत हमें ज़िंदा रहने के लिए है.

इस तरह से सोचने पर हमें एक अलग तरह से जीवन जीने के कई मौके दिखना शुरू हो जाएंगे. इनसे हम ज़्यादा उत्पादन करे बगैर और परेशानियों को रोककर एक अच्छा जीवन जी पाएंगे.

मैं और अन्य इकोलॉजिकल इकॉनमिस्ट इस बात को लेकर काफी पहले से चिंतित रहे हैं कि आप कैसे सामाजिक रूप से न्यायोचित रहते हुए कम उत्पादन कर सकते हैं. क्योंकि कम उत्पादन करने की चुनौती क्लाइमेट कंट्रोल से निपटने का भी एक बड़ा औजार है.

सीधी बात है जितना ज़्यादा उत्पादन उतना ज़्यादा ग्रीनहाउस गैसों का उत्सर्जन. ऐसे में आप कम उत्पादन करते हुए लोगों को नौकरी में बनाए रख सकते हैं?

इन प्रस्तावों में वर्किंग वीक को छोटा करना शामिल है. यह भी किया जा सकता है कि आप लोगों को धीरे-धीरे और कम प्रेशर में काम करने की इजाज़त दें.

इनमें से कोई भी उपाय सीधे तौर पर कोविड-19 से जुड़ा हुआ नहीं है (जिसमें मकसद उत्पादन के मुक़ाबले संपर्क कम करने का है) लेकिन, इस प्रस्ताव का मकसद भी वही है. आपको लोगों की जीवन जीने के लिए वेतन पर निर्भरता को कम करना होगा.

इकॉनमी का क्या मक़सद है?

कोविड-19 के रेस्पॉन्स को समझने की चाबी इस चीज़ में निहित है कि इकॉनमी का क्या मतलब है.

मौजूदा वक्त में ग्लोबल इकॉनमी का मकसद पैसे के एक्सचेंज की सुविधा देना है. अर्थशास्त्री इसे एक्सचेंज वैल्यू कहता है.

मौजूदा सिस्टम का एक प्रभावी आइडिया यह है कि हम इस 'एक्सचेंज वैल्यू' में रह रहे हैं और यह 'यूज़ वैल्यू' ही है.

दरअसल, लोग उन चीज़ों पर पैसा खर्च करते हैं जिन्हें वे चाहते हैं या जिनकी उन्हें ज़रूरत है और पैसे खर्च करने की यह गतिविधि हमें बताती है कि वे इस 'यूज़' की कितनी कद्र करते हैं.

इसी वजह से मार्केट्स को समाज चलाने के सबसे बढ़िया तरीके के तौर पर देखा जाता है. वे आपको इसे अपनाने देते हैं और वे इतने लचीले हैं ताकि यूज वैल्यू के हिसाब से प्रॉडक्टिव कैपेसिटी को तैयार कर सकें.

कोविड-19 ने यह साबित कर दिया है कि हम मार्केट्स की अपनी मान्यताओं को लेकर कितने ग़लत थे. पूरी दुनिया में, सरकारें डर रही हैं कि क्रिटिकल सिस्टम्स या तो गड़बड़ा जाएंगे या ओवरलोडेड हो जाएंगे. इनमें सप्लाई चेन, सोशल केयर शामिल हैं, लेकिन सबसे ऊपर हेल्थकेयर है. इसके पीछे दो फैक्टर हैं. लेकिन, यहां हम दो फैक्टर्स की बात करेंगे.

पहला, सबसे आवश्यक सामाजिक सेवाओं में से बहुतों के ज़रिए पैसा कमाना काफी मुश्किल है. मुनाफे का एक प्रमुख कारण लेबर प्रोडक्टिविटी ग्रोथ है. कम लोगों के ज़रिए ज़्यादा काम करवाना. कई कारोबारों में लोग सबसे बड़ा लागत खर्च करते हैं. खासतौर पर ऐसे कारोबार जो कि पर्सनल इंटरैक्शन पर टिके होते हैं, जैसे कि हेल्थकेयर. ऐसे में हेल्थकेयर सेक्टर में प्रोडक्टिविटी ग्रोथ बाकी की इकॉनमी के मुक़ाबले कम रहती है. इस वजह से इसकी लागत औसत के मुक़ाबले तेज़ी से बढ़ती है.

दूसरा, कई अहम सेवाओं में नौकरियां ऐसी नहीं हैं जो कि समाज में सबसे ज़्यादा वैल्यू वाली हों. कई बढ़िया तनख़्वाह वाली नौकरियां केवल एक्सचेंज की सहूलियत देने वाली होती हैं ताकि पैसा कमाया जा सके. ये समाज में कोई बड़ा योगदान नहीं करतीं.

इसके बावजूद चूंकि ये मोटा पैसा बनाती हैं हमें तमाम कंसल्टेंट्स, एक बड़ी एड्वर्टाइज़िंग इंडस्ट्री और एक बड़ा फाइनेंशियल सेक्टर देखने को मिलता हैं.

दूसरी ओर, हम हेल्थ और सोशल सेक्टर में एक क्राइसिस देख रहे हैं जहां लोगों को अक्सर नौकरियां मजबूरी में छोड़नी पड़ती हैं. ये लोग इन नौकरियों में खुश

होते हैं, लेकिन उन्हें केवल इसलिए इन्हें छोड़ना पड़ता है क्योंकि इनमें उन्हें इतना पैसा नहीं मिलता जिससे उनका घर चल सके.

बेमतलब की नौकरियां

बहुत सारे लोग बेमतलब की नौकरियां कर रहे हैं और आंशिक रूप से यह भी उन वजहों में से एक है जिनके चलते हम कोविड-19 से लड़ने के लिए बिल्कुल तैयार नहीं थे.

यह महामारी बता रही है कि कई नौकरियां आवश्यक नहीं हैं. इसके बावजूद हमारे पास उस वक्त लड़ने के लिए लोग नहीं होंगे जब चीज़ें हाथ से निकल रही होंगी.

लोग बेमतलब की नौकरियां करने के लिए मजबूर हैं क्योंकि एक ऐसे समाज में जहां इकॉनमी के गाइडिंग प्रिंसिपल एक्सचेंज वैल्यू में निहित हैं, जीवन के लिए ज़रूरी मूल चीज़ें मुख्यतौर पर मार्केट्स के ज़रिए मिलती हैं. इसका मतलब है कि आपको उन्हें ख़रीदना पड़ता है और उन्हें ख़रीदने के लिए आपको तनख़्वाह चाहिए होती है, जो कि एक नौकरी से आती है.

सिक्के का दूसरा पहलू यह है कि हम जिन चरम (और प्रभावी) रेस्पॉन्स कोविड-19 से निपटने के लिए देख रहे हैं वे मार्केट्स और एक्सचेंज वैल्यू के दबदबे को चुनौती देते हैं.

पूरी दुनिया में सरकारें ऐसे कदम उठा रही हैं जो तीन महीने पहले तक नामुमकिन जान पड़ते थे.

स्पेन में निजी अस्पतालों का राष्ट्रीयकरण कर दिया गया है. यूके में ट्रांसपोर्ट के तमाम जरियों के राष्ट्रीयकरण की प्रबल संभावना दिखाई दे रही है. फ़्रांस ने कहा है कि उसने बड़े कारोबारों के राष्ट्रीयकरण की तैयारी शुरू कर दी है.

इसी तरह से, हमें लेबर मार्केट्स में खलबली दिख रही है. डेनमार्क और यूके लोगों को इस चीज़ के पैसे दे रहे हैं कि वे घर पर रहें और काम पर न जाएं. एक सफल लॉकडाउन के लिए यह ज़रूरी है.

ये उपाय परफेक्ट नहीं हैं. लेकिन, यह उस सिद्धांत से शिफ़्ट है जिसका मूल यह है कि कमाई करने के लिए लोगों को काम करना पड़ता है. साथ ही यह उस दिशा की ओर उठाया गया कदम है जिसके हिसाब से अगर कोई काम नहीं भी करता है तब भी उसे जीवन जीने का अधिकार है.

इसने बीते 40 साल के प्रभावी ट्रेंड को पलट दिया है. इस दौरान मार्केट्स और एक्सचेंज वैल्यू को अर्थव्यवस्था चलाने का सबसे बढ़िया ज़रिया माना जाता रहा.

इसके चलते पब्लिक सिस्टम पर बाज़ारीकरण का भारी प्रेशर आ गया. इन पर दबाव था कि ये ऐसे चलें जैसे कि कारोबार हों जिन्हें पैसे कमाने हों, इस वजह से वर्कर्स मार्केट के ज़्यादा से ज़्यादा जोखिम में आते गए. ज़ीरो-आवर्स कॉन्ट्रैक्ट और गिग इकॉनमी ने बाज़ार के उतार-चढ़ाव से सुरक्षा की परत हटा दी जो कि लॉन्ग-टर्म, स्टेबल एंप्लॉयमेंट ऑफर करती थी.

कोविड-19 से ये ट्रेंड उलटते दिख रहे हैं. हेल्थकेयर और लेबर हित मार्केट के हाथ से फिसल रहे हैं और ये राज्य के हाथ में जा रहे हैं. राज्य कई वजहों से उत्पादन करता है. कुछ अच्छे होते हैं और कुछ बुरे होते हैं. लेकिन, मार्केट्स के उलट राज्य केवल एक्सचेंज वैल्यू के लिए उत्पादन नहीं करता.

ये बदलाव मुझे उम्मीद देते हैं. ये हमें कई ज़िंदगियां बचाने का मौका देते हैं. इनसे यह भी इशारा मिलता है कि इनमें लंबे वक्त के बदलाव की संभावनाएं हैं जो कि हमें ज़्यादा खुश रख सकते हैं और हमें क्लाइमेट चेंज से लड़ने की ताक़त दे सकते हैं.

लेकिन, हमें यहां तक आने में इतना वक्त क्यों लगा? कई देश क्यों उत्पादन को कम करने के लिए तैयार नहीं थे? इसका जवाब वर्ल्ड हेल्थ ऑर्गनाइजेशन (डब्ल्यूएचओ) की हालिया रिपोर्ट में मिलता हैः उनकी सही सोच नहीं थी.

हमारी आर्थिक कल्पनाएं

गुजरे 40 साल से एक वृहद आर्थिक सहमति रही है. इससे राजनेताओं और उनके सलाहकारों के पास सिस्टम में मौजूद खामियों को देख पाने की क्षमता बेहद कम रह गई थी. वे इसके विकल्पों पर सोच नहीं पा रहे थे. यह सोच दो लिंक्ड मान्यताओं पर आधारित थीः

मार्केट वह है जो कि अच्छी क्वालिटी का जीवन देता है, ऐसे में इसे सुरक्षा मिलनी चाहिए.

मार्केट हमेशा अल्प समय के लिए आने वाले संकटों के बाद सामान्य स्थिति में लौट आता है. कई पश्चिमी देशों में यह एक आम राय है. और यूके और यूएस में यह सबसे मजबूत माना जाता है. लेकिन ये दोनों ही देश कोविड-19 के लिए बिल्कुल भी तैयार नहीं दिखे.

यूके में एक निजी कार्यक्रम में मौजूद लोग बताते हैं कि प्रधानमंत्री के सबसे वरिष्ठ सहयोगी की कोविड-19 को लेकर एप्रोच 'हर्ड इम्युनिटी, प्रोटेक्ट इकॉनमी' वाली थी. यानी वायरस को फ़ैलने दो ताकि लोगों में नैचुरल तरीके से इम्युनिटी पैदा हो जाए, और ज़्यादा ज़रूरी इकॉनमी को बचाना है.

हालांकि, सरकार ने इससे इनकार किया लेकिन अगर यह सही भी हो तो इसमें चौंकने जैसा कुछ नहीं है.

एक महामारी को लेकर इस तरह की राय उच्च दर्जे के लोगों के लिए नई नहीं है. मिसाल के तौर पर, टेक्सास के एक अधिकारी ने तर्क दिया कि अमरीका को आर्थिक मंदी में जाते देखने की बजाय कई बूढ़े लोग खुशी-खुशी मर जाना पसंद करेंगे.

कोविड-19 संकट से एक चीज़ हो सकती है. यह है आर्थिक कल्पनाओं का विस्तार. सरकार और नागरिक ऐसे फैसले ले रहे हैं जिनके बारे में तीन महीने पहले तक सोच पाना भी नामुमकिन था, ऐसे में दुनिया के कामकाज के तौर-तरीकों में बड़े बदलाव तेज़ रफ़्तार से आ सकते हैं.

आइए देखते हैं कि नई कल्पनाएं हमें कहां ले जा सकती हैः

चार भविष्य

भविष्य की सैर में मदद के लिए मैं फ़्यूचर स्टडीज की एक पुरानी तकनीक का इस्तेमाल कर रहा हूं. आप वे दो फैक्टर लीजिए जिनके बारे में आपको लगता है कि वे भविष्य में ले जाने में महत्वपूर्ण होंगे. साथ ही कल्पना कीजिए कि इन फैक्टर्स के अलग-अलग कॉम्बिनेशन से क्या होगा.

मैं जिन फैक्टर्स को ले रहा हूं वे हैं वैल्यू और सेंट्रलाइजेशन. वैल्यू से मेरा मतलब हमारी इकॉनमी के गाइडिंग प्रिंसिपल से है. क्या हम अपने संसाधनों का इस्तेमाल एक्सचेंजेज़ और पैसे को अधिकतम बढ़ाने में करते हैं. या हम इनका इस्तेमाल जीवन को आगे बढ़ाने में करते हैं.

सेंट्रलाइजेशन से मतलब उन तरीकों से है जिनके ज़रिए से चीज़ें आयोजित की जाती हैं. चाहे ऐसा कई सारी छोटी यूनिट्स के ज़रिए हो या एक बड़ी कमांडिंग ताक़त के ज़रिए हो. हम इन फैक्टर्स को ग्रिड में लगा सकते हैं, इससे कई परिदृश्य पैदा किए जा सकते हैं.

ऐसे में हम यह सोच सकते हैं कि नीचे दिए चार कॉम्बिनेशंस का इस्तेमाल अगर हम कोरोना से लड़ने में करते तो क्या हो सकता था.

राज्य पूंजीवादः सेंट्रलाइज्ड रेस्पॉन्स, एक्सचेंज वैल्यू को प्राथमिकता

बर्बरताः विकेंद्रीकृत रेस्पॉन्स, एक्सचेंज वैल्यू को अहमियत

राज्य समाजवादः केंद्रीयकृत रेस्पॉन्स, जीवन की सुरक्षा को प्राथमिकता

आपसी मददः विकेंद्रीकृत रेस्पॉन्स, जीवन की सुरक्षा को अहमियत, राज्य पूंजीवाद

राज्य पूंजीवाद

राज्य पूंजीवाद एक प्रभावी रेस्पॉन्स है जो कि हमें फिलहाल पूरी दुनिया में दिख रहा है. मिसाल के तौर पर, यूके, स्पेन और डेनमार्क.

राज्य पूंजीवादी समाज एक्सचेंज वैल्यू को अर्थव्यवस्था का मूल आधार मानता रहेगा. लेकिन, यह मानता है कि संकट के वक्त मार्केट्स को राज्य की मदद की ज़रूरत होती है. यह देखते हुए कि बहुत सारे वर्कर्स बीमार होने, या अपनी ज़िंदगी को लेकर डरे हुए होने के चलते काम नहीं कर सकते हैं, राज्य और अधिक कल्याणकारी उपायों के साथ इसमें हस्तक्षेप करता है. राज्य कारोबारों को कर्ज और प्रत्यक्ष पेमेंट जैसे राहत पैकेज देता है.

यहां उम्मीद यह है कि यह सब कम वक्त के लिए होगा. उठाए गए कदमों का मुख्य फ़ोकस ज़्यादा से ज़्यादा कारोबारों को ट्रेडिंग में बनाए रखने का होगा.

मिसाल के तौर पर, यूके में फूड अभी भी मार्केट्स के ज़रिए वितरित किया जाता है. इनके ज़रिए वर्कर्स को सीधे सपोर्ट दिया जाता है. यह इस तरह से किया जाता है ताकि सामान्य लेबर मार्केट को इससे न के बराबर नुकसान हो. ऐसे में मिसाल के तौर पर, वर्कर्स को पेमेंट के लिए आवेदन और इसका वितरण एंप्लॉयर द्वारा होगा.

साथ ही पेमेंट का साइज भी वर्क के मार्केट के लिए तैयार की जा रही एक्सचेंज वैल्यू के बराबर होगा. यह उनके काम की उपयोगिता पर निर्भर नहीं होगा.

क्या यह एक सफल परिदृश्य हो सकता है? शायद यह मुमकिन है. लेकिन, केवल तब जबकि कोविड-19 एक कम समय में कंट्रोल हो जाए. अगर मार्केट को चलने देने के लिए लॉकडाउन नहीं किया जाता है तो संक्रमण के फ़ैलने का ख़तरा जारी रहेगा.

मिसाल के तौर पर, यूके में गैर-ज़रूरी कंस्ट्रक्शन अभी भी जारी है, इसके चलते वर्कर्स बिल्डिंग साइट्स पर आ रहे हैं और दूसरे लोगों से मिल रहे हैं. लेकिन, अगर मौतों में इजाफा जारी रहता है तो राज्य का सीमित दखल कायम रहना मुश्किल हो जाएगा.

बीमारों और मरने वालों की तादाद में इजाफा लोगों में नाराज़गी पैदा करेगा और इसके गहरे आर्थिक दुष्परिणाम होंगे. इसके चलते राज्य को और ज़्यादा कड़े कदम उठाने होंगे ताकि मार्केट का कामकाज चलता रहे.

बर्बरता

इसके होने की सबसे कम संभावना है. बर्बरता तभी भविष्य हो सकती है जबकि हम एक्सचेंज वैल्यू को अपना गाइडिंग प्रिंसिपल मानते रहें और बीमारी या

बेरोज़गारी की वजह से फंसे हुए लोगों को अपना सपोर्ट देने से इनकार कर दें. यह एक ऐसी स्थिति होगी जिसे हमने अभी तक नहीं देखा है.

कारोबार फेल हो जाएंगे और वर्कर्स भूखे होंगे क्योंकि ऐसा कोई मैकेनिज्म नहीं होगा जो कि मार्केट की सख्त स्थिति से उन्हें बचा पाए. असाधारण कदमों के ज़रिए हॉस्पिटलों का सपोर्ट नहीं किया जाएगा और ऐसे में लोग मरेंगे.

बर्बरता दरअसल एक अस्थिर राज्य की निशानी होगी. यह राज्य अंत में बर्बाद हो जाएगा या एक राजनीतिक और सामाजिक पतन के बाद दूसरे ग्रिड सेक्शन में चला जाएगा.

क्या ऐसा हो सकता है? चिंता यह है कि या तो ऐसा महामारी के दौरान ग़लती से हो सकता है या महामारी के चरम पर पहुंचने के दौरान जानबूझकर किया जा सकता है.

ग़लती से ऐसे हो सकता है अगर सरकार महामारी के सबसे बुरे दौर में बड़े स्तर पर दखल न दे पाए. कारोबारों और परिवारों को सपोर्ट दिया जा सकता है, लेकिन अगर बीमारों की बड़ी तादाद के चलते यह मार्केट को धराशायी होने से नहीं रोक पाया तो अफरातफरी का माहौल बन जाएगा.

हॉस्पिटल ज़्यादा पैसा और लोग लगा सकते हैं, लेकिन अगर यह चीज़ों को संभालने में नाकाफी हुआ तो बड़ी तादाद में बीमार लोगों को इलाज देने से इनकार किया जा सकता है.

महामारी के अपने चरम पर पहुंचने के बाद सरकारें सादगी (जब सरकारें बड़े पैमाने पर अपने खर्च रोक देती हैं) पर चलने का रास्ता अख्तियार कर सकती हैं. जर्मनी में इस बात का ख़तरा जताया जा चुका है. यह बेहद बुरा होगा. सादगी वाले दौर में बेहद ज़रूरी सेवाओं पर सरकारी खर्च बंद हो जाएगा और इससे महामारी से निपटने की क्षमता बुरी तरह से प्रभावित होगी.

बाद में अर्थव्यवस्था और समाज के फेल होने से एक बड़ी राजनीतिक उथल-पुथल शुरू हो जाएगी. इससे राज्य नाकाम हो जाएगा और सरकारी और कम्युनिटी वेल्फेयर सिस्टम्स धराशायी हो जाएंगे.

राज्य समाजवाद

यह बताता है कि भविष्य की शुरुआत में हम कल्चरल शिफ़्ट होता देख सकते हैं जो कि इकॉनमी के मूल में एक तरह की वैल्यू पैदा कर देगा. यूके, स्पेन और डेनमार्क में जिस तरह के उपाय अभी लागू किए जा रहे हैं, यह भविष्य उन्हीं का एक विस्तारित रूप होगा.

हॉस्पिटलों के राष्ट्रीयकरण और वर्कर्स के पेमेंट्स जैसे उपाय मार्केट को बचाने के टूल पर नहीं देखे जाएंगे, बल्कि यह खुद को बचाने का ज़रिया होंगे.

इस तरह के हालात में राज्य अर्थव्यवस्था के जीवन के लिए आवश्यक हिस्सों को बचाने के लिए कदम उठाएगा. इनमें खाने-पीने की चीज़ों का उत्पादन, ऊर्जा और रहने की जगह आती हैं. ऐसे में जीवन जीने के लिए कई ज़रूरी चीज़ें मार्केट के ऊपर टिकी नहीं होंगी.

सरकारें हॉस्पिटल्स का राष्ट्रीयकरण कर देंगी और घर मुफ़्त में उपलब्ध होंगे. आखिर में सभी लोगों को तमाम चीज़ों तक पहुंच मुहैया कराई जाएगी. इनमें बेसिक और कंज्यूमर गुड्स की चीज़ें भी होंगी जिन्हें कम वर्कफोर्स के ज़रिए उत्पादित किया जा सकता है.

नागरिकों को नियोक्ताओं (एंप्लॉयर्स) के सहारे की ज़रूरत नहीं होगी. हर किसी को सीधे भुगतान किया जाएगा और यह चीज़ उनके द्वारा पैदा की गई वैल्यू से जुड़ी नहीं होगी. पेमेंट्स सबके लिए एक जैसी होगी या यह काम की उपयोगिता के आधार पर तय होगी. सुपरमार्केट्स वर्कर्स, डिलीवरी ड्राइवर्स, वेयरहाउस स्टैकर्स, नर्सें, शिक्षक और डॉक्टर्स नए सीईओ होंगे.

यह मुमकिन है कि राज्य समाजवाद लंबी चलने वाली महामारी और राज्य पूंजीवाद की कोशिशों के परिणाम स्वरूप पैदा हो. अगर भयंकर मंदी आती है और सप्लाई चेन में गड़बड़ियां पैदा होती हैं तो सरकार उत्पादन पर अपना कंट्रोल ले सकती है.

इस अप्रोच के जोखिम भी हैं. हमें तानाशाही को रोकने के लिए सचेत होना होगा. लेकिन, अगर अच्छे से किया जाए तो विनाशकारी कोविड-19 के ख़िलाफ़ हमारी यह सबसे बढ़िया उम्मीद होगी.

एक मज़बूत राज्य इकॉनमी और समाज दोनों के कोर फंक्शंस को सुरक्षित रखने में संसाधनों का इस्तेमाल करने में सक्षम होगा.

आपसी मदद

आपसी मदद को हम जीवन की सुरक्षा के लिए इकॉनमी के गाइडिंग प्रिंसिपल के तौर पर अपना सकते हैं. यह हमारा दूसरा भविष्य है. हालांकि, इस स्थिति में राज्य अहम भूमिका नहीं अपनाएगा. बल्कि, इंडीविजुअल्स और छोटे समूह अपने समुदायों में सपोर्ट और केयर करेंगे.

इस भविष्य के साथ जोखिम यह है कि छोटे समूह हेल्थकेयर की कैपेसिटी को बढ़ाने के लिए जिन संसाधनों की ज़रूरत होगी उन्हें तेज़ी से इकट्ठा नहीं कर पाएंगे.

लेकिन, आपसी मदद संक्रमण को प्रभावी तौर पर रोकने में कारगर साबित होंगे. ये समूह कम्युनिटी सपोर्ट नेटवर्क बनाएंगे जो कि जोखिम भरे लोगों को सुरक्षा देंगे और पुलिस आइसोलेशन रूल्स का पालन कराएंगे.

इस भविष्य के सबसे महत्वाकांक्षी रूप में नई लोकतांत्रिक संचरनाएं उभरती दिखाई देंगी. लोग खुद क्षेत्रीय रेस्पॉन्स प्लान करेंगे ताकि बीमारी को रोका जा सके और मरीज़ों का इलाज हो सके.

यह स्थिति बाकी किसी भी स्थिति से उभर सकती है. यह बर्बरता या राज्य पूंजीवाद का उपाय हो सकती है और यह राज्य समाजवाद को सपोर्ट कर सकती है.

हमें पता है कि पश्चिम अफ्रीका में शुरू हुए इबोला से निपटने में कम्युनिटी रेस्पॉन्स का कितना बड़ा रोल था. हम इसे राज्य के रेस्पॉन्स की नाकामी के तौर पर भी देख सकते हैं.

उम्मीद और डर

ये विजन चरम परिदृश्य हैं जो कि एक-दूसरे को काटकर आगे बढ़ सकते हैं. मेरा डर है कि हम राज्य पूंजीवाद से बर्बरता में जा सकते हैं.

मेरी उम्मीद राज्य समाजवाद और आपसी मदद के घालमेल की है. एक ऐसा मजबूत और लोकतांत्रिक राज्य जो कि कहीं ज़्यादा मजबूत हेल्थ सिस्टम को खड़ा करने के लिए संसाधनों को इकट्ठा करेगा. एक ऐसा राज्य जो जोखिम भरे तबके में आने वालों को मार्केट के चक्र से बाहर निकालेगा और नागरिकों को आपसी मदद समूह स्थापित करने लायक बनाएगा. एक ऐसा राज्य जो लोगों को उन्हें बेमतलब की नौकरियां करने के दौर से बाहर निकालेगा.

एक चीज़ तय है कि ये सभी परिदृश्य कुछ डराते भी हैं, लेकिन कुछ उम्मीद भी पैदा करते हैं.

कोविड-19 ने हमारे मौजूदा सिस्टम की खामियों को उजागर कर दिया है. इसके लिए एक तीव्र सामाजिक बदलाव की ज़रूरत होगी.

मैंने तर्क दिया है कि इसके लिए मार्केट्स और मुनाफे को अर्थव्यवस्था चलाने के मूल साधन से निकालने की ज़रूरत पड़ेगी.

इसकी अच्छाई में यह संभावना होगी कि हम कहीं ज़्यादा मानवीय तंत्र का निर्माण करेंगे जो कि हमें भविष्य की महामारियों और क्लाइमेट चेंज जैसे दूसरे आसन्न ख़तरों से लड़ने के लिए ज़्यादा दृढ़ और टिकाऊ बनाएगा.

सामाजिक बदलाव कई जगहों से और कई प्रभावों से आ सकता है.

हमारे लिए एक अहम काम यह है कि हम यह मांग करें कि उभरते हुए सामाजिक रूप, देखभाल, जीवन और लोकतंत्र जैसी चीज़ों को अहमियत देने वाली

नैतिक सिद्धातों से पैदा हों.

संकट के इस वक्त में राजनीति का मुख्य काम इन वैल्यूज के इर्दगिर्द चीज़ों को खड़ा करने का है.

8

कोरोना वायरस से रोकथाम

जॉन्स हॉपकिंस यूनिवर्सिटी में महामारी रोगों के विशेषज्ञ टॉलबर्ट नेन्सवाह ने बीबीसी को बताया, "कुछ देश हैं जिन्होंने इसे फैलने पर अंकुश लगाया है, उनसे हम सबको सीखना चाहिए. मैं केवल चीन की बात नहीं कर रहा, जिसने आक्रामक तौर तरीकों से इस पर अंकुश लगाया है. हालांकि उन तौर तरीकों को लोकतांत्रिक देशों में लागू करना संभव नहीं होगा. लेकिन दूसरे देश भी हैं जिन्होंने दूसरे कारगर तरीकों का इस्तेमाल किया है."

पांच सबसे कारगर प्रावधान ये हैं-

1. जांच, जांच और फिर से जांच

विश्व स्वास्थ्य संगठन (डब्ल्यूएचओ) के मुताबिक़ इस महामारी के प्रसार को रोकने की दिशा में सबसे अहम कारक इसकी शुरुआती पहचान है.

नेन्सवाह के मुताबिक, "कितने लोग संक्रमित हैं, ये जाने बिना आप ना तो इसके असर के बारे में जान सकते हैं और ना ही आप कारगर क़दम उठा सकते हैं."

अमरीका के टेंपल यूनिवर्सिटी के इपिडिमिलॉजी की प्रोफ़ेसर क्रायस जॉनसन इससे सहमत हैं. उनके मुताबिक यह सबसे ज्यादा अंतर पैदा करने वाला कारक है, जिन देशों ने जांच कराने पर जोर दिया वहां नए मामलों में कमी देखने को मिली, जिन देशों में जांच कराने पर जोर नहीं दिया गया वहां संक्रमण के मामले तेजी से बढ़े.

2. संक्रमित मरीज को एकांत में रखना

प्रोफ़ेसर क्रायस जॉनसन बताती हैं, "मरीजों की पहचान, जांच और उन्हें एकांत में रखने की दिशा में दक्षिण कोरिया और चीन ने शानदार काम किया है." उनके मुताबिक जांच से संक्रमित शख्स को एकांतवास में भेजने में मदद मिलती है, साथ ही महामारी के प्रसार पर भी अंकुश लगता है. इतना ही नहीं इससे नए मामलों की जल्दी पहचान होने में भी मदद मिलती है.

क्रायस जानसन के मुताबिक चीनी अधिकारियों ने नए मामलों की पहचान के लिए अत्यधिक सक्रियता दिखाई और इसके चलते ही संक्रमण के मामलों में वहां कमी देखने को मिली है.

क्रायस जॉनसन ने बताया, "उच्च ज्वर से पीड़ित लोगों को फ़ीवर क्लीनिक भेजा गया और उनके फ्लू और कोविड-19 की जांच की गई. अगर टेस्ट में कोविड-19 पॉज़िटिव पाया गया तो उन्हें एकांतवास में रखा गया, इसे क्वारेंटाइन होटल्स कहा जाता था, ताकि वे अपने परिवार वालों के संपर्क में नहीं आ सकें."

3. तैयारी और त्वरित कार्रवाई

नेन्सवाह खुद पश्चिम अफ्रीका में इबोला वायरस के संक्रमण पर अंकुश लगाने वाली टीम का हिस्सा रह चुके हैं. उनके मुताबिक़ किसी भी वायरस पर अंकुश लगाने का सबसे प्रभावी तरीका, संक्रमण फैलने से पहले त्वरित रफ्तार से अंकुश लगाने के लिए कारगर क़दम उठाना होता है.

उन्होंने कहा, "ताइवान और सिंगापुर जैसे देशों ने नए मामलों की पहचान और उन्हें अलग थलग रखने के लिए त्वरित कार्रवाई की, यह महामारी के संक्रमण पर अंकुश लगाने वाला निर्णायक कदम साबित हुआ."

अमरीकी मेडिकल एसोसिएशन जर्नल में प्रकाशित एक लेख में कहा गया है कि ताइवान में कोरोना संक्रमण की रोकथाम में कामयाबी की सबसे बड़ी वजह इस देश का ऐसी स्थितियों से निपटने के लिए तैयार होना था. ताइवान में ऐसी किसी महामारी पर अंकुश लगाने के लिए 2003 में ही कमांड सेंटर स्थापित किया गया था.

इस सेंटर के तहत कई रिसर्च करने वाली संस्था और सरकारी एजेंसी काम करती हैं. इसकी स्थापना सार्स के ख़तरे के दौरान की गई थी और इसके बाद इसने ऐसी चुनौतियों से निपटने का कई बार अभ्यास किया है और कई शोध किए हैं.

मध्य जनवरी में कोरोना वायरस के पर्सन टू पर्सन संक्रमण फैलने का मामला सामने आया था, इससे पहले ही ताइवान ने वुहान से आने वाले सभी यात्रियों की स्क्रीनिंग शुरू कर दिया था. हॉन्गकॉन्ग ने अपने सभी बंदरगाहों पर ज्वर मापने वाले स्टेशन को तीन जनवरी से ही चालू कर दिया था.

यहां विदेश से आने वाले सभी यात्रियों को 14 दिनों तक एकांत में रखने की व्यवस्था भी की गई. वहीं चिकित्सकों से बुखार-श्वसन संबंधी मुश्किलों और वुहान के इलाक़े से लौटने वाले सभी मरीजों के बारे में रिपोर्ट करने का आदेश दिया था. नेन्सवाह के मुताबिक़, हॉन्ग कॉन्ग में भी समय रहते उठाए गए क़दम कारगर साबित हुए.

4. सोशल डिस्टैंसिंग

नेन्सवाह बताते हैं, "जब एक बार संक्रमण आपके देश में प्रवेश कर गया तब रोकथाम का कोई उपाय कारगर नहीं रह जाता है." ऐसी स्थिति आने पर आबादी को इसकी चपेट में आने से बचाने का सबसे प्रभावी तरीका सोशल डिस्टैंसिंग है- ऐसा हॉन्ग कॉन्ग और ताइवन के उदाहरणों से भी जाहिर होता है.

हॉन्ग कॉन्ग ने जनवरी महीने में ही अपने लोगों को 'वर्क फ्रॉम होम' करने को कहा, सभी स्कूलों को बंद कर दिया गया और सभी तरह के सामाजिक आयोजनों पर रोक लगा दी गई.

द स्ट्रेट टाइम्स समाचार पत्र के मुताबिक सिंगापुर ने अपने स्कूलों को बंद नहीं किया लेकिन छात्रों और अकैडमिक स्टाफ की प्रतिदिन जांच और निगरानी की व्यवस्था अपनाई.

5. साफ़ सफ़ाई के प्रति जागरूकता बढ़ाना

विश्व स्वास्थ्य संगठन ने कहा है कि कोरोना वायरस संक्रमण को रोकने की दिशा में नियमित तौर पर हाथ धोना और स्वच्छता से रहना बेहद ज़रूरी कदम है.

नेन्सवाह बताते हैं, "कई एशियाई देशों को 2003 के सार्स संकट से सीखने को मिला था. इन्हें मालूम था कि साफ़ सफ़ाई से लोग बीमार नहीं होते और दूसरों में संक्रमण फैलने की आशंका भी कम होती है."

सिंगापुर, हॉन्गकॉन्ग और ताइवान की गलियों में 'एंटी बैक्ट्रियल जेल' वाले स्टेशन मौजूद हैं, जहां से लोग खुद को सैनिटाइज़ कर लेते हैं. इसके अलावा इन देशों में मास्क पहनने का चलन भी है. हालांकि कोरोना वायरस के संक्रमण को रोकने के लिहाज से मास्क पहनना हमेशा कारगर तरीका नहीं है लेकिन इसकी मदद से छींकने और खांसने के चलते होने वाले संक्रमण के ख़तरे को कम किया जा सकता है.

9

कोरोना वायरस के बाद कैसी होगी दुनिया?

इस महामारी के बाद किस तरह का समाज उभरेगा? क्या दुनिया के देशों में आपसी एकजुटता बढ़ेगी या एक दूसरे से दूरी बढ़ेगी? अंकुश लगाने और निगरानी रखने के तौर तरीक़ों से नागरिकों को बचाया जाएगा या उनका उत्पीड़न होगा ?

संकट ऐसा है कि हमें कुछ बड़े फ़ैसले लेने होंगे. ये फ़ैसले भी तेजी से लेने होंगे. लेकिन हमारे पास विकल्प मौजूद है.

राजनीतिक' संकट

हमारे पास दो अहम विकल्प हो सकते हैं- इस संकट का सामना हम राष्ट्रवादी अलगाव से करेंगे या फिर फिर वैश्विक साझेदारी और एकजुटता प्रदर्शित करते हुए करेंगे."

"प्रत्येक राष्ट्र के स्तर पर भी हमारे सामने विकल्प मौजूद हैं. सर्वधिकार संपन्न केंद्रीकृत निगरानी व्यवस्था (पूरी तरह सर्विलेंस व्यवस्था) और सामजिक एकजुटता वाले नागरिक सशक्तीकरण में से एक को चुनना है.''

हरारी के मुताबिक़ कोरोना वायरस महामारी ने वैज्ञानिक और राजनीतिक दोनों तरह के सवालों को जन्म दिया है.

उनके मुताबिक़ दुनिया कुछ वैज्ञानिक चुनौतियों को हल करने की कोशिश तो कर रही है लेकिन राजनीतिक समस्याओं की ओर उसका ध्यान कम ही गया है.

उन्होंने कहा, "महामारी को रोकने और हराने के लिए मानवता के पास वह सब कुछ है जिसकी ज़रूरत है."

"यह कोई मध्यकालीन समय नहीं है. यह प्लेग वाली महामारी भी नहीं है. ऐसा भी नहीं है कि लोग मर रहे हैं और हमें मालूम ही नहीं हो कि वे क्यों मर रहे हैं और क्या करना चाहिए."

चीन के वैज्ञानिकों ने कोरोना वायरस संक्रमण फैलने के दौरान ही सार्स-कोव-2 वायरस की पहचान कर उसे मैप कर लिया. दूसरे देशों में भी इसी तरह की जांच चल रही है.

अब तक कोविड-19 संक्रमण का कोई इलाज नहीं मिला है. हालांकि दुनिया भर के रिसर्चर अत्याधुनिक तकनीक और इनोवेशन के ज़रिए इस वायरस का टीका विकसित करने में जुटे हैं.

हमलोगों को यह भी मालूम हो चुका है कि हाथ धोते रहने और सोशल डिस्टेंसिंग से वायरस के संक्रमण को फैलने से रोका जा सकता है.

हरारी ने कहा, "इस वायरस को हम लोग पूरी तरह समझ चुके हैं. हमारे पास तकनीक भी है. इस वायरस को हराने के लिए हमारे पास आर्थिक संसाधन भी मौजूद हैं. लेकिन सवाल यही है कि हम इन ताक़तों का इस्तेमाल कैसे करते हैं? यह निश्चित तौर पर एक राजनीतिक सवाल है."

ख़तरनाक तकनीक का इस्तेमाल

हरारी ने हाल ही में फाइनेंशियल टाइम्स में लिखे अपने एक लेख में कहा है कि इमर्जेंसी ऐतिहासिक प्रक्रियाओं को फास्ट फॉरवर्ड कर देती है. आम तौर पर जिन फ़ैसलों को करने में सालों का वक़्त लगता है उन फ़ैसलों को रातोरात करना होता है.

इसी लेख में उन्होंने लिखा है कि इमर्जेंसी के वक़्त में ख़तरनाक तेज़ी से विकसित हो रहीं निगरानी तकनीकों को समुचित विकास और सार्वजनिक बहस के बिना भी काम पर लगा दिया जाता है.

हरारी के मुताबिक़ सरकार के अंदर भी यह तकनीकें ग़लत हाथों में इस्तेमाल हो सकती हैं. सरकार पूरी तरह से निगरानी की व्यवस्था लागू कर सकती हैं, जिसमें हर आदमी पर हर पल नज़र रखी जा सकती है और अपारदर्शी ढंग से फ़ैसले कर सकती है.

उदाहरण के लिए इसराइल की सरकार ने सीक्रेट सर्विसेज की ताक़त को बढ़ाया दिया है. इसके ज़रिए ना केवल वे स्वास्थ्य अधिकारियों पर नज़र रख रहे हैं बल्कि हर शख्स के लोकेशन डेटा पर नज़र रखी जा रही है. इसे दक्षिण कोरिया में भी लागू किया गया है लेकिन हरारी के मुताबिक दक्षिण कोरिया में इसे कहीं ज़्यादा पारदर्शिता के साथ लागू किया गया है.

दुनिया की अत्याधुनिक निगरानी व्यवस्था वाले देशों में शामिल चीन में क्वारंटीन को उल्लंघन करने वाले नागरिकों की पहचान के लिए चेहरा पहचान वाली तकनीक का इस्तेमाल किया गया है.

हरारी के मुताबिक़ थोड़े समय के लिए इन तकनीकों के इस्तेमाल को मान्य माना जा सकता है लेकिन इन्हें स्थायी करने के कई ख़तरे हैं.

हरारी ने बीबीसी के कार्यक्रम में कहा, "स्वास्थ्य हो या फिर आर्थिक मसले हों, सरकारें निर्णायक फ़ैसले ले सकती हैं, कड़े क़दम उठा सकती हैं. मैं इसके पक्ष में हूं लेकिन यह वैसी सरकारों को करना चाहिए जो पूरी आबादी का प्रतिनिधित्व करती हों."

"आम तौर पर, 51 प्रतिशत आबादी के समर्थन से सरकारें बन सकती हैं. लेकिन ऐसे मुश्किल वक़्त में सरकारों को पूरे देश यानी प्रत्येक नागरिक का ख्याल रखना चाहिए."

अलगाववाद और आपसी सहयोग

हरारी के मुताबिक़, "हाल के सालों में राष्ट्रवाद और लोकलुभावन वादों की लहरों पर सवार सरकारों ने समाज को दो शत्रुता रखने वाले शिविरों में बाँट दिया है. विदेशियों और दूसरे देशों के प्रति नफ़रत को बढ़ावा दिया है."

लेकिन दुनिया भर में फैलने वाली महामारी, सामाजिक समूहों और देशों में कोई भेदभाव नहीं करतीं.

हरारी कहते हैं कि मुश्किलों का सामना करते हुए यह तय करना होगा कि अकेले चलना है या सहयोग से चलना है.

दुनिया के कई देशों ने इस महामारी से निपटने की अकेले कोशिश की है, वे ऐसा चिकित्सीय सुविधाओं और प्राइवेट फर्म से मिलने वाली आपूर्तियों के ज़रिए कर रहे हैं. दूसरे देशों को मास्क, रसायन और वेंटिलेटर की आपूर्ति कम करने के लिए अमरीका की ख़ासतौर पर आलोचना भी हुई है.

आशंका जताई जा रही है कि अमीर देशों की प्रयोगशालाओं में तैयार टीके विकासशील और ग़रीब मुल्कों में पर्याप्त संख्या में नहीं पहुंच पाएंगे.

हरारी इस दौर में आपसी सहयोग के महत्व को रेखांकित करते हुए कहते हैं कि सुबह में चीनी वैज्ञानिकों ने कोई सबक सीखा हो तो उससे शाम में तेहरान में किसी मरीज़ की जान बचाई जा सकती है.

हरारी के मुताबिक़, "दुनिया भर में आपसी सहयोग की मज़बूती, जानकारी और सूचनाओं का एक्सचेंज और महामारी से प्रभावित देशों में मानव एवं मेडिकल संसाधानों का निष्पक्ष वितरण कहीं ज़्यादा तर्कसंगत हैं."

हरारी कहते हैं, "आख़िरी बार महामारी के वक़्त लोगों ने ख़ुद को अलग-थलग रखकर कब अपना बचाव करने में सफल रहे थे, यह पता लगाने के लिए वास्तविकता में आपको फिर से पाषाणकालीन युग में ही जाना होगा. मध्यकालीन युग में भी 14वीं शताब्दी प्लेग की महामारी फैली थी. मध्यकालीन युग में जाने से भी बचाव संभव नहीं होगा."

सामाजिक व्यवहार को भी बदलेगा?

हरारी के मुताबिक़ महामारी से निपटने के लिए चुने गए विकल्पों का जो भी असर हो, मनुष्य की समाजिकता में बदलाव नहीं होगा, मनुष्य एक समाजिक प्राणी है और रहेगा.

इंसानों की प्रकृति बीमारों के नज़दीक जाने और उससे करुणा जताने की रही है. हरारी के मुताबिक़ कोरोना वायरस इंसानों के सबसे अच्छी प्रकृति का शोषण कर रहा है.

हरारी कहते हैं, "यह वायरस हमें संक्रमित करने के लिए, हमारी अच्छी प्रकृति का शोषण कर रहा है. लेकिन हमें स्मार्ट होना पड़ेगा, दिमाग़ से सोचना होगा, दिल से नहीं और सामाजिक अलगाव, सोशन डिस्टेंसिंग का रास्ता चुनना होगा."

"हम सब सामाजिक प्राणी के लिए ऐसा करना बेहद मुश्किल है. लेकिन मेरा ख्याल है कि जब यह संकट दूर होगा तब लोगों को सामाजिक जुड़ाव की ज़रूरत ज्यादा महसूस होगी. मुझे नहीं लगता है कि यह वायरस इंसानों की मूल प्रकृति को बदल पाएगा."

कोरोना महामारी का अंत

कोरोना एक ऐसी महामारी है, जिसकी चपेट में करीब-करीब पूरी दुनिया है. दुनिया भर के डॉक्टर और वैज्ञानिक इस महामारी की काट खोजने में जुटे हैं, लेकिन सफलता अब भी दूर है. हालांकि ऐसा नहीं है कि दुनिया के सामने कोई महामारी पहली बार आई है. दुनिया के तमाम देशों ने पहले भी महामारी देखी है और उनपर काबू पाया है. इतिहासकारों की मानें तो आम तौर पर महामारी खत्म होने के दो ही तरीके हैं. पहला तरीका है इलाज का या फिर वैक्सीन का, जिसके जरिए संक्रमण और मौतों के आंकड़ों को रोका जाता है. दूसरा तरीका है उस डर को खत्म करना जो महामारी की वजह से लोगों के दिमाग में होता है. जॉन हॉपकिन्स यूनिवर्सिटी के मेडिकल साइंस के इतिहासकार डॉक्टर जेरेमी ग्रीन का मानना है कि फिलहाल जो लोग पूछ रहे हैं कि ये सब कब खत्म होगा तो वो इस बीमारी के इलाज या वैक्सीन की बात नहीं कर रहे हैं, बल्कि वो इस बात को जानना चाहते हैं कि लोगों के दिमाग की दहशत कब तक खत्म होगी.

दूसरे शब्दों में कहें तो ये बीमारी खत्म नहीं होगी, बल्कि लोग इसके साथ जीना सीख लेंगे. महामारी की वजह से लोगों के दिमाग में जो हलचल है, वो शांत हो जाएगी. वो अपने काम में जुट जाएंगे और बीमारी यूं ही खत्म हो जाएगी. भारत जैसा देश भी कुछ-कुछ इसी राह पर चल रहा है. पहले संक्रमण से बचाने के लिए लॉकडाउन हुआ. फिर उसे दो बार बढ़ाया गया और अब इस लॉकडाउन को धीरे-धीरे खत्म करने की तैयारी हो रही है. ताकि जीवन पटरी पर लौट सके. खुद दिल्ली के मुख्यमंत्री अरविंद केजरीवाल ने भी तो यही कहा था कि बीमारी खत्म होने वाली नहीं है और हमें इसी के साथ जीना सीखना होगा. लेकिन क्या सच में ये महामारी कभी खत्म नहीं होगी, इसका जवाब खोजने के लिए थोड़ा सा इतिहास की तरफ जाना होगा.

हाल ही में इबोला की थी दहशत

साल 2014 में एक वायरस आया था इबोला, जिसने अफ्रीका में काफी तबाही मचाई थी. पश्चिमी अफ्रीका में करीब 11 हजार लोग इस महामारी की वजह से मारे गए थे. आयरलैंड जैसे देश में इस वायरस की वजह से एक भी मौत नहीं हुई थी, लेकिन दहशत वहां भी थी. वहां से अस्पताल के डॉक्टर और नर्स खुद की सुरक्षा के लिए डरे हुए थे. डबलिन के एक अस्पताल में जब इबोला संक्रमित देश से एक आदमी इमरजेंसी रूम में दाखिल हुआ था, तो डॉक्टर और नर्स अस्पताल छोड़कर

भागने भागने लगे थे. जांच हुई तो पता चला कि उसे कैंसर था जो अंतिम स्टेज में था और फिर उसकी मौत हो गई. और इसके तीन दिन के बाद ही विश्व स्वास्थ्य संगठन ने कहा कि अब इबोला महामारी खत्म हो गई है.

प्लेग ने तबाह कर दी थी दुनिया, मारे गए थे करोड़ों लोग

थोड़ा पीछे चलते हैं. कुछ 700 साल पीछे. प्लेग का नाम सबने सुना होगा. ये एक ऐसी महामारी है, जिसकी वजह से पिछले एक 800 सालों में दुनिया भर में करोड़ों लोगों की मौत हुई है. ये बीमारी एक बैक्टीरिया से होती है, जिसे यर्सिनिया पेस्टिस कहते हैं. ये बैक्टिरिया चूहों के ऊपर रहने वाली मक्खियों में पाया जाता है. इस प्लेग में भी एक गिल्टी प्लेग हुआ करता था, जिससे सबसे ज्यादा मौतें हुई थीं. इसे ब्लैक डेथ के नाम से जाना जाता है. गिल्टी प्लेग भी कोरोना वायरस की ही तरह था, जो इंसान से इंसान में खांसी और छींकने के दौरान निकलने वाले ड्रॉपलेट्स से फैलता था. इसे रोकने का एक ही तरीका था कि चूहों को मार दिया जाए.

दुनिया भर के इतिहासकारों का मानना कि प्लेग ने तीन चरणों में दुनिया भर में मौत का तांडव किया. 1331 में चीन में प्लेग फैला था और उस दौरान ही वहां पर सिविल वॉर चल रहा था. दोनों ने मिलकर चीन की करीब आधी आबादी को मार दिया था. व्यापारिक रास्तों के जरिए प्लेग चीन से निकलकर यूरोप, उत्तरी अफ्रीका और मध्य पूर्व के देशों में फैला. 1347 से 1351 के बीच इस बीमारी ने यूरोप की करीब एक तिहाई आबादी को मौत के मुंह में सुला दिया. इटली के सिएना शहर की आधी आबादी इस बीमारी में मर गई थी. उस वक्त ये महामारी खत्म हो गई लेकिन प्लेग बार-बार सर उठाता रहा. 1855 में प्लेग फिर से चीन में ही शुरू हुआ और एक बार फिर से पूरी दुनिया में फैल गया. अकेले भारत में ही इस प्लेग की वजह से करीब 1 करोड़ 20 लाख लोग मारे गए. बॉम्बे में तो मेडिकल अथॉरिटिज ने कई मोहल्लों को आग के हवाले कर दिया ताकि लोगों को प्लेग से बचाया जा सके हालांकि कोई इस बात को लेकर आश्वस्त नहीं था कि इसकी वजह से कोई फर्क भी पड़ेगा या नहीं.

प्लेग का खात्मा कैसे हुआ?

इस बात को लेकर न डॉक्टर आश्वस्त हैं और न ही इतिहासकार कि प्लेग कैसे खत्म हुआ. हालांकि एक तर्क ये दिया जाता है कि ठंडे मौसम की वजह से बैक्टीरिया वाली मक्खियां मर गईं और बीमारी नियंत्रित हो गई. हालांकि डॉक्टरों का ये भी मानना है कि चूहों में भी बदलाव हुआ था. 19वीं शताब्दी तक प्लेग सिर्फ काले चूहे ही नहीं, भूरे चूहे से भी फैलने लगा था और ये चूहे इंसानों से दूर रहते थे.

एक रिसर्च ये भी कहती है कि बैक्टीरिया कमजोर पड़ गया, जिसकी वजह से मौतें रूर गईं. इसके अलावा गांव के गांव जलाने की वजह से भी महामारी को रोका जा सका. लेकिन हकीकत ये है कि प्लेग कभी खत्म नहीं हुआ. ये अब भी है. लेकिन अब इसके मामले कम सामने आते हैं और इसकी दहशत अब न के बराबर है.

फ्लू ने बताया था सोशल डिस्टेंसिंग और क्वॉरंटीन का मतलब

बीमारियों में अगर फ्लू की बात न हो तो महामारियों का जिक्र अधूरा है. आज कोरोना के काल में पूरी दुनिया सोशल डिस्टेंसिंग, क्वॉरंटीन और आइसोलेशन की बात कर रही है. फ्लू के जमाने में भी यही हुआ करता था. पहले विश्व युद्ध के दौरान फ्लू की वजह से पूरी दुनिया में 5 करोड़ से ज्यादा लोगों की मौत हुई थी. पूरी दुनिया को प्रभावित करने के बाद फ्लू कमजोर पड़ा, लेकिन खत्म नहीं हुआ. बाद में फ्लू कमजोर हो गया, जिसमें जानलेवा क्षमता कम हो गई थी. वहीं प्रथम विश्वयुदध भी खत्म हो गया था. यही वजह है कि उस दौर के फ्लू को लोग विश्वयुद्ध की विभीषिका में आम तौर पर भूल जाते हैं. लेकिन फिर 1968 में फ्लू ने हॉन्ग-कॉन्ग में दस्तक दी. इस फ्लू ने पूरी दुनिया में करीब 10 लाख लोगों की जान ले ली, जिसमें अकेले अमेरिका में ही एक लाख लोगों की मौत हुई थी. मरने वाले वो लोग थे, जिनकी उम्र 65 साल से ज्यादा थी. अब भी ये फ्लू हर साल आता है, लेकिन अब ये जानलेवा नहीं है, इसलिए लोग इससे डरना छोड़ चुके हैं.

चेचक ने मचाई थी तबाही, टीके से खत्म हुई बीमारी

लेकिन एक बीमारी है, जो वाकई खत्म हो गई. और ये है स्मॉलपॉक्स या चेचक, जिसके खात्मे की कई वजहे हैं. पहली वजह है वैक्सीन, जिसका इजाद किया जा चुका है. इसे लगाने के बाद किसी को ताउम्र ये बीमारी नहीं होती है. इसके अलावा चेचक के लिए जिम्मेदार वायरस वरिओला माइनर किसी जानवर के जरिए नहीं फैलता है. इसके होने के बाद लक्षण भी तुरंत और साफ-साफ दिखते हैं, जिससे इलाज संभव है. लेकिन ये हाल-फिलहाल हुआ है. अपने वक्त में इस स्मॉलपॉक्स ने भी दुनिया में तबाही मचाई है. इसका असर करीब तीन हजार साल तक दुनिया पर रहा है. इसमें वायरस की वजह से बुखार होता था, फिर शरीर पर चकत्ते पड़ते थे, बाद में उनमें मवाद भर जाता था और मरीज की मौत हो जाती थी. चेचक से संक्रमित हर 10 में से तीन की मौत निश्चित थी. न्यू यॉर्क टाइम्स की एक रिपोर्ट के मुताबिक स्मॉल पॉक्स से संक्रमित आखिरी व्यक्ति अली माओ

मालिन था, जो सोमालिया के एक अस्पताल में रसोइया था. 1977 में उसे स्मॉल पॉक्स हुआ था और उसका इलाज भी हो गया था. साल 2013 में मलेरिया की वजह से उसकी मौत हुई थी.

इलाज का पता नहीं, लेकिन खत्म होगी कोरोना की दहशत!

रही बात कोरोना की, तो इतिहासकारों का मानना है कि कोरोना वायरस का इलाज जब खोजा जाएगा, तब खोजा जाएगा, लेकिन लोग इससे डरना छोड़कर आगे बढ़ जाएंगे. पूरी दुनिया के तमाम देशों में लगी बंदिशों से लोग परेशान हैं और वो आगे बढ़ना चाहते हैं. और शायद यही इसका उपाय भी है. क्योंकि दुनिया के तमाम देशों ने जो बंदिशें लगाई हैं, अब उनमें ढील मिलनी शुरू हो गई है. और जब लोग अपने काम पर फिर से लग जाएंगे तो अपनी व्यस्तता में वो इस बीमारी की दहशत को भूल जाएंगे.

www.ingramcontent.com/pod-product-compliance
Lightning Source LLC
LaVergne TN
LVHW041545060526
838200LV00037B/1148
* 9 7 8 1 6 4 9 5 1 0 8 6 0 *